Benito Pérez Galdós

Torquemada
en la cruz

Barcelona **2024**
Linkgua-ediciones.com

Créditos

Título original: Torquemada en la cruz.

© 2024, Red ediciones S.L.

e-mail: info@linkgua.com

Diseño de cubierta: Michel Mallard.

ISBN tapa dura: 978-84-1126-328-3.
ISBN rústica: 978-84-9007-904-1.
ISBN ebook: 978-84-9007-602-6.

Sumario

Brevísima presentación

La vida

Galdós era el décimo hijo de un coronel del ejército, Sebastián Pérez, y de Dolores Galdós. En 1852 ingresó en el Colegio de San Agustín, que aplicaba una pedagogía muy avanzada para la época.

Obtuvo el título de bachiller en Artes en 1862, en el Instituto de La Laguna, y empezó a publicar poemas satíricos, ensayos y cuentos en la prensa local. También se destacó por su interés por el dibujo y la pintura.

En septiembre de 1862 Galdós se fue a vivir a Madrid y se matriculó en la universidad. Allí conoció al fundador de la Institución Libre de Enseñanza, Francisco Giner de los Ríos, que le alentó a escribir y le hizo conocer el krausismo. Por entonces frecuentó los teatros de Madrid y organizó la «Tertulia Canaria».

En 1865 empezó a escribir en los periódicos *La Nación* y *El Debate*, y en la Revista del Movimiento Intelectual de Europa.

Hacia 1867 hizo su primer viaje al extranjero, como corresponsal en París en la Exposición Universal. Volvió con obras de Balzac y de Dickens y tradujo de éste, a partir de una traducción francesa, *Los papeles póstumos del Club Pickwick*. Un año después abandona sus estudios universitarios.

Galdós publicó en 1870 *La Fontana de Oro*, su primera novela. *La Sombra* fue publicada en noviembre de 1870 por entregas en *La Revista de España*. Y en 1873 comenzó a publicar la que se puede considerar su obra maestra, los *Episodios nacionales*, donde refleja la vida íntima de los españoles del siglo XIX y los acontecimientos de la historia nacional que marcaron el destino de España. La obra tiene cuarenta y seis episodios en cinco series de diez novelas cada una, salvo la última, inconclusa. Empiezan con la batalla de Trafalgar y terminan con la Restauración borbónica en España.

Galdós tuvo una hija natural en 1891 de una madre que se suicidó, Lorenza Cobián. Y se relacionó con la actriz Concha Morell y la novelista Emilia Pardo Bazán.

En 1919 se realizó una escultura suya. Galdós, que había perdido la vista, pidió ser alzado para palpar la obra y lloró emocionado.

Galdós murió en su casa de la calle Hilarión Eslava de Madrid el 4 de enero de 1920. El día de su entierro unas 20.000 personas acompañaron su ataúd hasta el cementerio de la Almudena.

Primera parte

I

Pues señor... fue el 15 de Mayo, día grande de Madrid (sobre este punto no hay desavenencia en las historias), del año... (esto sí que no lo sé; averígüelo quien quiera averiguarlo), cuando ocurrió aquella irreparable desgracia que, por más señas, anunciaron cometas, ciclones y terremotos, la muerte de doña Lupe *la de los pavos*, de dulce memoria.

Y consta la fecha del tristísimo suceso, porque don Francisco Torquemada, que pasó casi todo aquel día en la casa de su amiga y compinche, calle de Toledo, número... (tampoco sé el número, ni creo que importe) cuenta que, habiendo cogido la enferma, al declinar la tarde, un sueñecito reparador que parecía síntoma feliz del término de la crisis nerviosa, salió él al balcón por tomar un poco el aire y descansar de la fatigosa guardia que montaba desde las diez de la mañana; y allí se estuvo cerca de media hora contemplando el sin fin de coches que volvían de la Pradera, con estruendo de mil demonios; los atascos, remolinos y encontronazos de la muchedumbre, que no cabía por las dos aceras arriba; los incidentes propios del mal humor de un regreso de feria, con todo el vino y el cansancio del día convertidos en fluido de escándalo. Entreteníase oyendo los dichos germanescos que, como efervescencia de un líquido bien batido, burbujeaban sobre el tumulto, revolviéndose con doscientos mil pitidos de pitos del Santo, cuando...

«Señor —le dijo la fámula de doña Lupe, dándole tan tremendo palmetazo en el omóplato, que el hombre creyó que se le caía encima el balcón del piso segundo—, señor, venga, venga acá... Otra vez el accidente. De esta me parece que se nos va.»

Corrió a la alcoba don Francisco, y en efecto, a doña Lupe le había dado la pataleta. Entre el amigo y la criada no la podían sujetar; trincaba la buena señora los dientes; en sus labios hervía una salivilla espumosa, y sus ojos se habían vuelto para dentro, como si quisieran cerciorarse por sí mismos de que ya las ideas volaban dispersas por esos mundos. No se sabe el tiempo que duraron aquellas fieras convulsiones. Pareciéronle a don Francisco interminables, y que se acababa el día de San Isidro y le seguía una larguísima noche, sin que doña Lupe entrase en caja. Mas no habían sonado las nueve, cuando la buena señora se serenó, quedándose como lela. Diéronle de un brebaje, cuya composición farmacológica no consta en autos, como tampoco el nombre de la enfermedad, se mandó recado al médico, y hallándose la enferma en completa quietud de miembros, precursora de la del sepulcro, con toda la vida que le restaba asomándose a los ojos, otra vez vivos y habladores, comprendió Torquemada que su amiga quería hablarle, y no podía. Ligera contracción de los músculos de la cara indicaba el esfuerzo para romper el lúgubre silencio. La lengua al fin, pellizcada por la voluntad, se despegó, y allá fueron algunas frases que solo don Francisco con su sutil oído y su conocimiento de cuanto pudiera pensar y decir la *de los pavos* podía entender.

«Sosiéguese ahora... —le dijo—. Tiempo tenemos de hablar todo lo que nos dé la gana sobre esa incumbencia.»

—Prométame hacer lo que le dije, don Francisco —murmuró la enferma alargando una mano, como si quisiera tomar juramento—. Hágalo, por Dios...

—Pero, señora... ¿Usted sabe...? ¿Cómo quiere que...?

—¿Y cree usted que yo, su amiga leal —dijo la viuda de Jáuregui, recobrando como por milagro toda la facultad de palabra—, puedo engañarle? En ningún caso le aconsejaría cosa contraria a sus intereses, menos ahora, cuando veo las puertas de la eternidad abiertas de par en par delante de mí... cuando siento dentro de mi pobre alma la verdad, sí, la verdad, señor don Francisco, pues desde que recibí al Señor... Si no me falla la memoria, ha sido ayer por la mañana.

—No señora, ha sido hoy, a las diez en punto —replicó él, satisfecho de rectificar un error cronológico.

—Pues mejor: ¿había yo de engañarle... con el Señor acabadito de tomar? Oiga la santa palabra de su amiga, que ya le habla desde el otro mundo, desde la región de... de la...

Tentativa frustrada de dar un giro poético a la frase.

«Y añadiré que lo que le predico le vendrá de perillas para el cuerpo y para el alma, como que resultará un buen negocio, y una obra de misericordia, en toda la extensión de la palabra... ¿No lo cree?...»

—¡Oh!, yo no digo que...

—Usted no me cree... y algún día le ha de pesar si no lo hace... ¡Que siento morirme sin que podamos hablar largamente de esta *peripecia*! Pero usted se eternizó en Cadalso de los Vidrios, y yo en este camastro, consumiéndome de impaciencia por echarle la vista encima.

—No pensé que estuviera usted tan malita. Hubiera venido antes.

—¡Y me moriré sin poder convencerle!... Don Francisco, reflexione, haga caso de mí, que siempre le he aconsejado bien. Y para que usted lo sepa, todo moribundo es un oráculo, y yo muriéndome le digo: señor don Paco, no vacile un momento, cierre los ojos y...

Pausa motivada por un ligero amago. Intermedio de visita del médico, el cual receta otra pócima, y al partir, en el recodo del pasillo, pronostica, con solo alargar los labios y mover la cabeza, un desenlace fúnebre. Intermedio de expectación y de friegas desesperadas. Don Francisco, desfallecido, pasa al comedor, donde en colaboración con Nicolás Rubín, sobrino de la enferma, despacha una tortilla con cebolla, preparada por la sirvienta en menos que canta un gallo. A las doce, doña Lupe, inmóvil y con los ojos vigilantes, pronunciaba frases de claro sentido, pero sin correlación entre sí, truncadas, sin principio las unas, sin fin las otras. Era como si se hubiera roto en mil pedazos el manuscrito de un sabio discurso, convirtiéndolo en papeletas, que después de bien revueltas en un sombrero, se iban sacando, a semejanza del juego de los estrechos. Oíala Torquemada con profunda pena, viendo cómo se desbandaban las ideas en aquel superior talento, palomar hundido y destechado ya.

«Las buenas obras son la riqueza perdurable, la única que, al morirse una, pasa a la cuenta corriente del Cielo... En la puerta del Purgatorio le dan a una una chapa, y luego, el día que se saca ánima, cantan: «número tantos», y sale la que le toca... La vida es muy corta. Se muere una cuando cree que todavía está naciendo. Debieran darle a una tiempo para enmendar sus equivocaciones... ¡Qué barbaridad!, con el pan a doce, y el vino a seis, ¿cómo quieren que haya virtud? La masa obrera quiere ser virtuosa y no la dejan. Que San Pedro bendito mande cerrar las tabernas a las nueve de la noche, y veremos... Voy pensando que el morirse es un bien, porque si una viviera siempre y no hubiese entierros ni funerales, ¿qué comerían los ministros del Señor?... Veintiocho y ocho debieran ser cuarenta; pero no son más que treinta y seis... Eso por andar la aritmética, desde que el mundo es mundo, tan mal apañada, en manos de maestros de escuela y de pasantes que siempre tiran a la miseria, a que triunfe lo poco, y lo mucho se... fastidie.»

Tuvo un ratito de lucidez, en el cual, mirando cariñosamente a su compinche, que junto al lecho era un verdadero espantajo de conmiseración silenciosa, volvió al tema de antes con igual insistencia: «Mire que me voy persuadida de que lo hará... No, no menee la cabeza».

—Pero si no la meneo, mi señora doña Lupe, o la meneo para decir que sí.

—¡Oh, qué alegría! ¿Qué ha dicho?

Torquemada afirmaba, sin reparo de falsificar sus intenciones ante un moribundo. Bien se podía consolar con un caritativo embuste a quien no había de volver a pedir cuenta de la promesa no cumplida.

«Sí, sí, señora —agregó—, muérase tranquila... digo, no; no hay que morirse... ¡cuidado!, quiero decir, que se duerma con toda tranquilidad... Con que... a dormirnos tocan.»

Doña Lupe cerró los ojos; pero no tardó en abrirlos otra vez, trayendo con el resplandor de ellos una idea nueva, la última, recogida deprisa y corriendo como un bulto olvidado que el viajero descubre en un rincón, en el momento de partir. «¡Si sabré yo lo que me pesco al recomendarle que se junte con esa familia! Debe hacerlo por conciencia, y si me apura, hasta por egoísmo. ¿Usted sabe, usted sabe lo que puede sobrevenir?» Hizo esta pregunta con tanto énfasis, moviendo ambos brazos en dirección del asustado rostro del prestamista, que este se previno para sujetarla, viendo venir otro delirio con traqueteo epiléptico. «¡Ay! —añadió la señora, clavando en Torquemada una mirada maternal—, yo veo claro que ha de sobrevenir, porque el Señor me permite adivinar las cosas que a usted le convienen... y adivino que con su ayuda ganarán mis amigas el pleito... Como que es de justicia que lo ganen. ¡Pobre familia! Mi señor don Francisco les lleva la suerte... Arrimamos el hombro, y pleito ganado. La parte contraria hecha un trapo miserable; y usted... No, no se han inventado todavía los números con que poder contar los millones que va usted a tener... ¡Perro, si no lo merece, por testarudo y por los moños que se pone!... ¡Menudo pleitazo! Sepa *(bajando la voz, en tono de confidencia misteriosa)*, sepa don Francisco, que cuando lo ganen, poseerán todita la huerta de Valencia, toditas las minas de Bilbao, medio

Madrid en casas, y dos terceras partes de La Habana, en casas también... Ítem, una faja de terreno de veinte y tantas leguas, de Colmenar de Oreja para allá, y tantas acciones del Banco de España como días y noches tiene el año; con más siete vapores grandes, grandes, y la mitad, próximamente, de las fábricas de Cataluña... *Ainda mais*, el coche correo de colleras que va de Molina de Aragón a Sigüenza, un panteón soberbio en Cabra, y no sé si treinta o treinta y cinco ingenios, los mejorcitos, de la isla de Cuba... y añada usted la mitad del dinero que trajeron los galeones de América, y todo el tabaco que da la Vuelta Abajo, y la Vuelta Arriba, y la Vuelta grande del Retiro...»

Y no dijo más, o no pudo entender don Francisco las cláusulas incoherentes que siguieron, y que terminaron en gemidos cadenciosos. Mientras doña Lupe agonizaba, paseábase en el gabinete próximo con la cabeza mareada de tanto ingenio de Cuba y de tanto galeón de América como le metió en ella, con exaltación de moribunda delirante, su infeliz amiga.

La cual tiró hasta las tres de la mañana. Hallábase mi hombre en la sala, hablando con una vecina, cuando entró el clérigo Nicolás Rubín, y consternado, pero sin perder su pedantería en ocasión tan grave, exclamó: *Transit*.

«¡Bah!, ya descansó la pobrecita» —dijo Torquemada, como dando a la difunta el parabién por la terminación de su largo padecimiento. No quiere decir esto que no sintiese la muerte de su amiga: pasados algunos minutos después de oído aquel lúgubre *transit*, notó un gran vacío en su existencia. Sin duda doña Lupe le había de hacer mucha falta, y no encontraría él, a la vuelta de una esquina, quien con tanta cordura y desinterés le aconsejase en todos los negocios. Caviloso y triste, midiendo con vago mirar del espíritu las extensiones de aquella soledad en que se quedaba, recorrió la casa, dando órdenes para lo que restaba que hacer. No faltaron allí parientes, deudos y vecinas que, con buena voluntad y todo el cariño que se merecía la difunta, le hicieron los últimos honores, esta rezando cuanto sabía, aquella ayudando a vestirla con el hábito del Carmen. De acuerdo con el presbítero Rubín, dictó don Francisco acertadas disposiciones para el entierro, y cuando estuvo seguro de que todo saldría conforme a los deseos de la finada y al decoro de la familia y de él mismo, pues como amigo tan antiguo y principal, al par de la propia familia se contaba, retirose a su domicilio, echando suspiros por la escalera abajo y por la calle adelante. Ya despuntaba la aurora, y aún se oían, a lo largo de las calles oscuras, pitidos de pitos del Santo, sonando estridentes por haberse cascado el tubo de vidrio. Oía también don Francisco pasos arrastrados de trasnochantes y pasos ligeros de madrugadores. Sin hablar con nadie ni detenerse en parte alguna, llegó a su casa en la calle de San Blas, esquina a la de la Leche.

II

Sin permitirse más descanso que unas cinco horas de catre y hora y media más para desayuno, cepillar la ropita negra y ponérsela, calzarse las botas nuevas y *echar un ojo a los intereses*, volvió el usurero a la casa mortuoria, recelando que no harían poca falta allí su presencia y autoridad, porque las amigas todo lo embarullaban, y el sobrino cura no era hombre para resolver cualquier dificultad que sobreviniese. Por fortuna, toda iba por los trámites ordinarios. Doña Lupe, de cuerpo presente en la sala, dormía el primer sueño de la eternidad, rodeada de un duelo discreto y como de oficio. Los parientes lo habían tomado con calma, y la criada y la portera mostraban una tendencia al consuelo que había de acentuarse más cuando se llevasen el cadáver. Nicolás Rubín hociqueaba en su breviario con cierto recogimiento, entreverando esta santa ocupación con frecuentes escapatorias a la cocina para poner al estómago los reparos que su debilidad crónica y el cansancio de la noche en claro exigían.

De cuantas personas había en la casa, la que expresaba pena más sincera y del corazón era una señora que Torquemada no conocía, alta, de cabellos blancos prematuros, pues su rostro cuarentón y todavía fresco no armonizaba con la canicie sino en el concepto de que esta fuese gracia y adorno más que signo de vejez; bien vestida de negro, con sombrero que a don Francisco le pareció una de las prendas más elegantes que había visto en su vida; señora de aspecto noble *hasta la pared de enfrente*, con guantes, calzado fino de pie pequeño, toda ella pulcra, decente, requetefina, despidiendo de su persona lo que Torquemada llamaba *olorcillo de aristocracia*. Después de rezar un ratito junto al cadáver, pasó la desconocida al gabinete, adonde la siguió el avaro, deseoso de meter baza con ella, haciéndole comprender que él, entre tanta gente ordinaria, sabía distinguir lo fino y honrarlo.

Sentose la dama en un sofá, enjugando sus lágrimas, que parecían verdaderas, y viendo que aquel estafermo se le acercaba sombrero en mano, le tuvo por representación de la familia, que hacía los honores de la casa.

«Gracias —le dijo—, estoy bien aquí... ¡Ay, qué amiga hemos perdido!»

Y otra vez lágrimas, a las que contestó el prestamista con un suspiro gordo, que no le costó trabajo sacar de sus recios pulmones.

«¡Sí señora, sí, qué amiga, qué *sujeta* tan excelente...! ¡Como disposición para el manejo... pues... y como honradez a carta cabal, no había quien le descalzara el zapato! ¡Siempre mirando por el interés, y haciendo todas las cosas como es debido...! Para mí es una pérdida...»

—¿Y para mí? —agregó la dama con vivo desconsuelo—. Entre tanta tribulación, con los horizontes cerrados por todas partes, solo doña Lupe nos consolaba, nos abría un huequecito por donde viéramos lucir algo de esperanza. Cuatro días hace, cuando creíamos que la maldita enfermedad iba ya vencida, nos hizo un favor que nunca le pagaremos...

Aquello de no *pagar nunca* sonó mal en los oídos de Torquemada. ¿Acaso era un préstamo el favor indicado por la aristócrata?

«Cuatro días hace, me hallaba yo en mi finca de Cadalso de los Vidrios —dijo, haciendo una o redondita con dos dedos de la mano derecha—, sin sospechar tan siquiera la gravedad, y cuando me escribió el sobrino sobre la gravedad, vine corriendo. ¡Pobrecita! Desde el 13 por la noche, su caletre, que siempre fue como un reloj, ya no marchaba, no señora. Tan pronto le decía a usted cosas que eran como los chorros de la verdad, tan pronto salía con otras que el Demonio las entendiera. Todo el día 14 se lo pasó en una tecla que me habría vuelto tarumba si no tuviera un servidor de usted la cabeza más firme que un yunque. ¿Qué locura condenada se le metió en la jícara, barruntándole ya la muerte? Figúrese si estaría tocada la pobrecita, que me cogió por su cuenta, y después de recomendarme a unas amigas suyas a quienes tiene dado a préstamo algunos reales, se empeñaba en...»

—En que usted ampliase el préstamo, rebajando intereses...

—No, no era eso. Digo, eso y algo más: una idea estrafalaria, que me habría hecho gracia si hubiera estado el tiempo para bromas. Pues... esas amigas de la difunta son unas que se apellidan *Águilas*, señoras de buenos principios, según oí, pobres porfiadas, a mi entender... Pues la matraca de doña Lupe era que yo me había de casar con una de las Águilas, no sé cuál de ellas, y hasta que cerró la pestaña, me tuvo en el suplicio de *Tártaro* con aquellos disparates.

—Disparates, sí —dijo la señora gravemente—, pero en ellos se ve la nobleza de su intención. ¡Pobre doña Lupe! No le guarde usted rencor por un delirio. ¡Nos quería tanto...! ¡Se interesaba tanto por nosotras...!

Suspenso y cortado, don Francisco contemplaba a la señorona, sin saber qué decirle.

«Sí —añadió esta con bondad, ayudándole a salir del mal paso—. Esas Águilas somos nosotras, mi hermana y yo. Yo soy el Águila mayor... Cruz del Águila... No, no se corte; ya sé que no ha querido ofendemos con eso del supuesto casorio... Tampoco me lastima que nos haya llamado pobres porfiadas...»

—Señora, yo no sabía... perdóneme.

—Claro, no me conocía; nunca me vio, ni yo tuve el gusto de conocerle... hasta ahora, pues por las trazas paréceme que hablo con el señor don Francisco Torquemada.

—Para servir a usted... —balbució el prestamista, que se habría dado un bofetón en castigo de su torpeza—. ¿Conque usted...? Muy señora mía; haga cuenta que no he dicho nada. Lo de pobres...

—Es verdad, y no me ofende. Lo de *porfiadas* se lo perdono: ha sido una ligereza de ésas que se escapan a las personas más comedidas cuando hablan de lo que desconocen...

—Cierto.

—Y lo del casamiento, tengámoslo por una broma; mejor dicho, por un delirio de moribundo. Tanto como a usted le sorprende esa idea, nos sorprende a nosotras.

—Y era una idea sola, una idea clavada, que le cogía todo el hueco de la cabeza, y en ella estaba como embutido todo su talento... ¡Y lo decía con un alma! Y era, no ya recomendación, sino un suplicar, un rogar como se pide a Dios que nos ampare... Y para que se muriera tranquila tuve que prometerle que sí... ¡Ya ve usted qué desatino!... Digo que es desatino en el sentido de... Por lo demás, como honra para mí, ¡cuidado!, supóngase usted... Pero digo que para aplacarle el delirio, yo le aseguraba que me casaría, no digo yo con las señoras Águilas mayores y menores, sino con todas las águilas y buitres del cielo y de la tierra... Naturalmente, viéndola tan sofocada, no podía menos de avenirme; pero en mi interior, naturalmente, echaba el pie atrás, ¡caramba!, y no por el materialismo del matrimonio, que... ya digo... mucha honra es para mí, si no por razones naturales y respectivas a mí mismo, como edad, circunstancias...

—Comprendido. Nosotras, si Lupe nos hubiera hablado del caso, habríamos contestado lo mismo, que sí... para tranquilizarla; y en nuestro fuero interno... ¡Oh! ¡Casarse con...! No es desprecio, no... Pero, respetando, eso sí, respetando a todo el mundo, esas bromas no se admiten, no señor; no pueden admitirse... Y ahora, señor don Francisco...

Levantose, alargando la mano fina y perfectamente enguantada, que el avaro cogió con muchísimo respeto, quedándose un rato sin saber qué hacer con ella.

«Cruz del Águila... Costanilla de Capuchinos, la puerta que sigue a la panadería... piso segundo. Allí tiene usted su casa. Vivimos los tres solos, mi hermana y yo, y nuestro hermano Rafael, que está ciego.»

—Por muchos años... digo, no: no sabía que estuviera ciego su hermanito. Disimule... A mucha honra...

—Beso a usted la mano.

—Estimando a toda la familia...

—Gracias...

—Y... lo que digo... Conservarse.

Acompañola hasta la puerta, refunfuñando cumplidos, sin que ninguno de los que imaginó le saliera correcto y airoso, porque el azoramiento le atascaba las cañerías de la palabra, que nunca fueron en él muy expeditas.

«¡Valiente plancha acabo de tirarme!» —bramó airado contra sí mismo, echándose atrás el sombrero, y subiéndose los pantalones con movimiento de barriga ayudado de las manos. Maquinalmente se metió en la sala, sin acordarse de que allí estaba, entre velas resplandecientes, la difunta; y al verla, lo único que se le ocurrió fue decirle con el puro pensamiento:

«¿Pero usted... iñales!, por qué no me advirtió...?»

III

Todo aquel día estuvo el avaro de malísimo temple, sin poder apartar del pensamiento su turbación infantil ante la dama, cuya figura y aristocrático porte le cautivaban. Era hombre muy pagado de las buenas formas y admirador sincero de las cualidades que no poseía, entre las cuales contaba en primer término, con leal modestia, la soltura de modales y el arte social de los cumplidos. Pensó que la tal doña Cruz habría bajado la escalera riéndose de él a todo trapo, y se la imaginaba contando el caso a la otra hermana, y partiéndose las dos de risa, llamándole gaznápiro y... ¡sabe Dios lo que le llamarían! Francamente, él tenía su puntillo de amor propio como cualquier hijo de vecino, y su dignidad y todos los perendengues de un sujeto merecedor de ocupar puesto honroso en la sociedad. Poseía fortuna suficiente (bien ganadita con su industria), para no hacer el monigote delante de nadie, y eso de ser él personaje de sainete no le entraba... ¡cuidado! Verdad que, en el caso de aquel día, él tuvo la culpa, por haber hecho befa de las señoras del Águila, llamándolas *pobres porfiadas* en la propia *fisonomía del rostro* de la mayor de ellas, tan peripuesta, tan *política*, en toda la extensión de la palabra... ¡Ay!, al recordarlo le subían ardores a la cara y apretaba los puños. Porque verdaderamente, ya podía haber sospechado que aquella individua era... quien era. Y sobre todo, ningún hombre agudo dice cosas en desprecio de nadie delante de personas desconocidas, porque el diablo las carga, y cuando menos se piensa salta un compromiso... Hay que mirar lo que se parla, so pena de no poder meter el cuezo en cotarro de gente fina. «Yo —decía poniendo término a sus meditaciones, porque había llegado la hora de la conducción del cuerpo— tengo pesquis, bastante pesquis, comprendo todo muy bien. Dios no me ha hecho tonto, ni medio tonto, ¡cuidado!, y entiendo el trasteo de la vida. Pero ello es que no tengo política, no la tengo: en viéndome delante de una persona principal, ya estoy hecho un zángano y no sé qué decir, ni qué hacer con las manos... Pues hay que aprenderlo, ¡ñales!, que cosas más difíciles se aprenden cuando sobran buena voluntad y entendederas... Ánimo, Francisco, que a nuevas posiciones, nuevos modos, y el rico no es bien que haga malos papeles. ¡Bueno andaría el mundo, si los hombres de peso, los hombres afincados, los hombres de riñón cubierto fueran cuento de risa!... ¡Eso no, no, no!»

En el largo trayecto fúnebre, en la monotonía de aquel paseo perezoso y triste, los mismos pensamientos le acometieron. Delante veía el monstruoso y feísimo armatoste del carro mortuorio, con balances de barco; su cerebro se aletargaba con el rumor lento, sin solución ni fin, de las llantas de las ruedas rayando el suelo polvoroso de los mal cuidados caminos. Como unos veinte simones iban detrás del coche de cabecera, ocupado por don Francisco, Nicolás Rubín, otro clérigo y un señor, pariente lejano de doña Lupe, personas las tres que al usurero le cargaban, y más en aquella ocasión, por tenerlas tan cerca y sin poder zafarse de ella. No era Torquemada hombre para estar tanto tiempo embutido en angosto cajón, entre tipos que le daban de cara, y no hacía más que cambiar de postura, apoyándose ya en una, ya en otra cadera. Le estorbaban sus piernas y las de Nicolás Rubín, su chistera y la teja del otro cura; le estorbaban el continuo fumar y la charla de aquellos tres puntos, que no sabían hablar más que del matute y de lo perdido que andaba el Ayuntamiento.

Sin dignarse arrojar en la conversación más que algún vocablo afirmativo para que lo royeran, como hueso, aquellos pelagatos, que no poseían fincas en Cadalso de los Vidrios ni casas en Madrid, Torquemada seguía tejiendo en su meollo la tela empezada en la casa mortuoria.

«Lo que digo, no tengo política... y hay que gastar política para ponerse a la altura que corresponde. ¿Pero cómo había yo de aprender nada tocante a la buena forma, si en mi vida he tratado más que con gente ordinaria?... Esta pobre doña Lupe, que en gloria esté, también era ordinaria, ¿qué duda tiene? No la ofendo, no, ¡cuidado!, persona buenísima, con mucho talento, un ojo para los negocios que ya lo quisieran más de cuatro. Pero, diga ella lo que quiera, y no la ofendo, lo que es persona fina... ¡que te quites! Intentaba serlo, y no le salía... ¡ñales!, no le salía. Su hipo era ser dama... y ¡que si quieres! Aunque se pusiera encima manteletas traídas de París, resultaba tan dama como mi abuela... ¡Ah!, para damas, las de esta mañana. Aquello sí que es del mismísimo cosechero. Y de nada le valió a mi amiga mirarse en tal espejo... Ya era tarde, ya era tarde para aprender... ¡Pobre señora! Como trastienda y disposición, eso sí, ¡cuidado!, yo soy el primero en reconocer... Pero finura, tono... ¡quiá! Si ella, como yo, no trataba más que con gente de poco más o menos. ¿Y qué es lo que oye uno al cabo del día? Burradas y porquerías. Doña Lupe, me acuerdo bien, decía *ibierno, áccido* y *Jacome-trenzo*, palabras que, según me ha advertido Bailón, no se dicen así... No vaya a creer que la ofendo por eso... Cualquiera equivoca el discurso cuando no ha tenido principios. Yo estuve diciendo *diferiencia* hasta el año 85... Pero para eso está el fijarse, el poner oído a cómo hablan los que saben hablar... El cuento es que cuando uno es rico, y lo ha sacado a pulso con su sudor, cavilando aquí, cavilando allá, está muy mal que la gente se le ría. Los ricos deben dar el ejemplo, ¡cuidado!, así de las buenas costumbres como de los buenos modos, para que ande derecha la sociedad, y todo lleve el compás debido... Que sean torpes y mamarrachos los que no tienen sobre qué caer-se muertos me parece bien. Así hay equidad; eso es lo que llaman equilibrio. Pero que los acaudalados tiren coces, que los terratenientes y los que paga-mos contribución seamos unos... unos asnos, eso no, no, no.»

Aún le duraba la correa de aquella meditación cuando volvían del ce-menterio, después de dejar los fríos despojos de la gran hacendista per-fectamente ennichados en uno de los tristísimos patios de San Justo. Los tres compañeros de coche, volviendo a engolosinarse con la comidilla del matute, contaron mil cuchufletas acerca del modo de introducir aceite, y de las batallas entre los guardias y toda la chusma matutera, mientras la imaginación de Torquemada iba en seguimiento de la señora del Águila, y fluctuaba entre el deseo y el temor de volverla a ver: deseo, por probar la enmienda de su torpeza mostrándose menos ganso que en la primera en-trevista; temor, porque sin duda las dos hermanas se soltarían a reír cuando le viesen, *tomándole el pelo* en la visita. La más negra era que forzosa-mente tenía que visitarlas, por encargo expreso de doña Lupe y obligación ineludible. Había convenido con su difunta amiga en renovar un pagaré de las dos damas, añadiendo cierta cantidad. Y el nuevo pagaré no sería a la orden de los herederos de la viuda de Jáuregui, sino a las de Torquemada, a quien la difunta había dejado, con aquel y otros fines, algunos fondos, de cuyo producto gozarían unos parientes pobres de su difunto esposo. Que don Francisco habría de cumplir con recta conciencia cuantos encargos de este linaje le hizo su socia mercantil, no hay para qué decirlo. Lo difícil era cumplirlos sin personarse en el nido de las Águilas, como categóricamente le había ordenado la muerta, y aquí entraban los apuros del pobre hombre.

¿Cómo se presentaría? ¿Risueño o con cara de pocos amigos? ¿Cómo se vestiría? ¿Con los trapitos de cristianar o con los de diario? Porque pensar en evadir el careo, dando la comisión a otra persona, era un disparate; además, implicaba cobardía, deserción ante el peligro, y esto le malquistaba consigo mismo, pues su amor propio le pedía siempre apencar con las dificultades, y no volver la espalda a ninguna peripecia grave. Resolvió, pues, poner pecho a las Águilas, y en aquella duda sobre el vestir, su natural despejo triunfó de la vanidad, sugiriéndole la idea de presentarse con el traje de todos los días, la camisita limpia, eso sí, que aquella soez costumbre de la camisa de quincena ya no regía desde que el hombre empezó a ver claro en el panorama social. En suma: se presentaría tal cual era siempre, y hablaría lo menos posible, contestando con sencillez a cuanto le preguntasen. Si se reían que se rieran... ¡ñales! Pero no: probablemente le recibirían con palio, atendiendo al favor que les hacía y al consuelo que les llevaba con su visita, pues debían de estar las pobres señoras, con toda su aristocracia y su innegable finura, esperando el santo advenimiento... como quien dice.

IV

Elegida la hora que le pareció conveniente, encaminose el hombre a la Costanilla. La casa no tenía pérdida en calle tan pequeña y con las señas mortales de la tahona. Vio don Francisco, arrimados a una puerta dos o tres hombres enharinados, y más arriba una tienda de antigüedades, que más bien debiera llamarse prendería. Allí era, segundo piso. Al mirar el rótulo de la tienda, lanzó una exclamación de gozo: «Pues si a este prendero le conozco yo. Si es Melchor, el que antes estaba en el duplicado de la calle de San Vicente». Excuso decir que le entraron ganas de echar un párrafo con su amigo antes de subir a la visita. No tardó el prendero en darle referencias de las señoras del Águila, pintándolas como lo más decente que él se había echado a la cara desde que andaba en aquel comercio. Pobres, eso sí, como las ratas, pero si nadie en pobreza les ganaba, en dignidad tampoco, ni en resignación para llevar la cruz de su miseria. ¡Y qué educación fina, qué manera de tratar a la gente, qué meterse por los ojos y ganarse el corazón de cuantos les hablaban!... Con estas noticias sintió el avaro que se le disipaba el susto, y subió corriendo. La misma doña Cruz le abrió la puerta, y aunque estaba de trapillo (sin perjuicio de la decencia, eso sí), a él se le antojó tan elegante como el día anterior la vio, de tiros largos.

«Señor don Francisco... —dijo la dama, con más alegría que sorpresa, pues sin duda esperaba la visita—. Pase, pase...»

Las primeras palabras del visitante fueron torpes: «¡Cómo había de faltar!... ¿Y qué tal? ¿Toda la familia buena?... Gracias... Es comodidad». Y se metió por donde no debía, teniendo ella que decirle: «No, no; por aquí».

Su azoramiento no le impidió observar muchas cosas desde los primeros instantes, cuando Cruz del Águila le llevaba, por el pasillo de tres recodos, a la salita. Fijose en la hermosa cabeza, bien envuelta en un pañuelo de color, de modo que no se veía ni poco ni mucho la cabellera blanca. Observó también que vestía bata de lana, antiquísima, pero sin manchas ni jirones, con una toquilla blanca cruzándole el pecho, todo muy pulcro, revelando el uso continuo y esmerado de aquellas personas que saben eternizar las prendas de ropa. Lo más extraño era que tenía guantes, viejos y con los dedos tiznados.

«Dispénseme —dijo con graciosa modestia—, estaba limpiando los metales.»

—¡Ah!... ¡perfectamente...!

—Porque ha de saber usted, si ya no lo sabía, que no tenemos criada, y nosotras lo hacemos todo. No, no vaya a creer que me quejo por esta nueva privación, una de las muchas que nos ha traído nuestro adverso destino. Hemos convenido en que las criadas son una calamidad, y cuando una se acostumbra a servirse a sí misma, lleva tres ventajas: primera, que no hay que lidiar con fantasmonas; segunda, que todo se hace mucho mejor y a nuestro gusto; tercera, que se pasa el día sin sentirlo, con ejercicio saludable.

—Higiénico —dijo Torquemada, gozoso de poder soltar una palabra bonita que tan bien encajaba. Y el acierto le animó de tal modo, que ya era otro hombre.

—Con permiso de usted —indicó Cruz—, seguiré. No estamos en situación de gastar muchos cumplidos, y como usted es de confianza...

—¡Oh!, sí, de toda confianza. Tráteme la señora mismamente como a un chiquillo... Y si quiere que la ayude...

—¡Quia! Eso sería ya faltar al respeto, y... De ninguna manera.

Con la cajita de los polvos en la mano izquierda y un ante en la derecha, ambas manos enguantadas, se puso a dar restregones en la perilla de cobre de una de las puertas, y al punto la dejó tan resplandeciente que de oro fino parecía.

«Ahora saldrá mi hermana, a quien usted no conoce. *(Suspirando fuerte.)* Es triste decirlo; pero... está en la cocina. Tenemos que ir alternando en todos los trabajos de casa. Cuando yo declaro la guerra al polvo, o limpio los metales, ella friega la loza o pone el puchero. Otras veces, guiso yo, y ella barre, o lava, o compone la ropa. Afortunadamente tenemos salud; el trabajo no envilece; el trabajo consuela y acompaña, y además fortifica la dignidad. Hemos nacido en una gran posición: ahora somos pobres. Dios nos ha sometido a esta prueba tremenda... ¡ay, qué prueba, señor don Francisco! Nadie sabe lo que hemos sufrido, las humillaciones, las amarguras... Más vale no hablar. Pero el Señor nos ha mandado al fin una medicina maravillosa, un específico que hace milagros... la santa conformidad. Véanos usted hoy ocupadas las dos en estos trajines, que en otro tiempo nos habrían parecido indecorosos; vivimos en paz, con una especie de tristeza plácida que casi casi se nos va pareciendo a la alegría. Hemos aprendido, con las duras lecciones de la realidad, a despreciar todas las vanidades del mundo, y poquito a poco hemos llegado a creer hermosa esta honrada miseria en que vivimos, a mirarla como una bendición de Dios...»

En su pobrísimo repertorio de ideas y expresiones, no halló el bárbaro nada que pudiera ser sacado dignamente ante aquel decir elegante y suelto, sin afectación. No supo más que admirar y gruñir asintiendo, que es el gruñido más fácil.

«También conocerá usted a mi hermano, el pobrecito ciego.»

—¿De nacimiento?

—No señor. Perdió la vista seis años ha. ¡Ay, qué dolor! Un muchacho tan bueno, llamado a ser... qué sé yo, lo que hubiera querido... ¡Ciego a los veinte y tantos años! Su enfermedad coincidió con la pérdida de nuestra fortuna... para que nos llegara más al alma. Créalo usted, don Francisco, la ceguera de mi hermano, de ese ángel, de ese mártir, es un infortunio al cual mi hermana y yo no hemos podido resignarnos todavía. Dios nos lo perdone.

Claro que de arriba nos ha venido el golpe; pero no lo admito, no bajo la cabeza, no señor... la levanto... aunque a usted le parezca mal mi irreverencia.

—No señora... ¿qué ha de parecerme? El Padre Eterno... es atroz. ¿Pero usted sabe lo que me hizo a mí? No es que yo me le suba a las barbas, ¡cuidado!... pero francamente... ¡quitarle a uno toda su esperanza! Al menos usted no la habrá perdido; su hermanito podrá curarse...

—¡Ah!, no señor... No hay esperanza.

—¿Pero usted sabe?... Hay en Madrid los grandes *ópticos*...

En el momento de decirlo conoció el hombre la enormidad de sus *lapsus lingüe*. ¡Vaya, que decir *ópticos* por *oculistas*! Quiso enmendarlo; pero la señora, que al parecer no había parado mientes en el desatino, le dio fácil salida por otra parte. Pidiole permiso para ausentarse brevemente, a fin de traer a su hermana, lo que a don Francisco le supo muy bien, aunque las zozobras no tardaron en acometerle de nuevo. ¿Cómo sería la hermanita? ¿Se reiría de él? ¡Si por artes del enemigo no era tan fina como Cruz, y se espantaba de verle a él tan ordinario, tan zafiote, tan...! «Vamos, no es tanto —se dijo, estirando el cuello para verse en un espejo que frontero al sofá, pendía de la pared, con inclinación hacia adelante, como haciendo una cortesía—, no es tanto... Lo que digo... llevo muy bien mi edad, y si yo me perfilara, daría quince y raya a más de cuatro mequetrefes que no tienen más que la estampa.»

En esto estaba cuando sintió a las dos hermanas en el pasillo, disputando con cierta viveza:

«Así mujer, ¿qué importa? ¿No ves que es de toda confianza?»

—¿Pero cómo quieres que entre así? Deja siquiera que me quite el delantal.

—¿Para qué? Si somos nuestras propias criadas, y nuestras propias señoras, y él lo sabe bien, ¿qué importa que te vea así? Este es un caso en que la forma no supone nada. Si estuviéramos sucias o indecentes, bueno que no nos vieran humanos ojos. Pero a limpias nadie nos gana, y las señales del trabajo no nos hacen desmerecer a los de una persona tan razonable, tan práctica, tan... sencilla. ¿Verdad, don Francisco?

Esto lo dijo alzando la voz, ya cerca de la puerta, y el aturrullado prestamista creyó que la mejor respuesta era adelantarse a recibir airosamente a las dos damas, diciendo: «Bien, bien; nada de farándulas conmigo, que soy muy llano, y tan trabajador como el primero; y desde la más tierna infancia...».

Iba a seguir diciendo que él se limpiaba sus propias botas y se barría el cuarto; pero le cortó la palabra la aparición de la segunda Águila, que le dejó embobado y suspenso.

«Mi hermana Fidela» —dijo Cruz, tirando de ella por un brazo hasta vencer su resistencia.

V

«¿Qué importa que yo las vea en traje de mecánica, si ya sé que son damas, y muy requetedamas? —argumentó don Francisco, que a cada nuevo incidente se iba desentumeciendo de aquel temor que le paralizaba—. Señorita Fidela, por muchos años... ¡Si está muy bien así!... Las buenas mozas no necesitan perfiles...»

—¡Oh!, perdone usted —dijo la Águila menor, toda vergonzosa y confusa—. Mi hermana es así: ¡hacerme salir en esta facha!... con unas botas viejas de mi hermano, este mandil... y sin peinarme.

—Soy de confianza y conmigo, ¡cuidado!, con Francisco Torquemada no se gastan cumplidos... ¿Y qué tal? ¿Usted buena? ¿Toda la familia buena? Lo que digo, la salud es lo primero, y en habiendo salud todo va bien. Pienso, de conformidad con ustedes, que no hay chinchorrería como el tener criadas, generalmente puercas, enredadoras, golosas, y siempre, siempre, soliviantadas con los malditos novios.

A todas éstas, no le quitaba ojo a la cocinerita, que era una preciosa miniatura. Mucho más joven que su hermana, el tipo aristocrático presentaba en ella una variante harto común. Sus cabellos rubios, su color anémico, el delicado perfil, la nariz de caballete y un poquito larga, la boca limpia, el pecho de escasísimo bulto, el talle sutil, denunciaban a la señorita de estirpe, pura sangre, sin cruzamientos que vivifican, enclenque de nacimiento y desmedrada luego por una educación de esa. Todo esto y algo más se veía bajo aquel humilde empaque de fregona, que más bien parecía invención de chicos que juegan a las máscaras.

Como la pobre niña (no tan niña ya, pues frisaba en los veintisiete) no se había penetrado aún de aquel dogma de la desgracia que prescribe el desprecio de toda presunción, esfuerzo grande le costaba el presentarse en tal facha ante personas desconocidas. Tardó bastante en aplomarse delante de Torquemada, el cual, acá para *inter nos*, le pareció un solemne ganso.

«El señor —indicó la hermana mayor—, era grande amigo de doña Lupe.»

—¡Pobrecita! ¡Qué cariño nos tomó! —dijo Fidela, sentándose en la silla más próxima a la puerta, y escondiendo sus pies tan mal calzados—. Cuando Cruz trajo la noticia de que había muerto la pobre señora, sentí una aflicción... ¡Dios mío! Nos vimos más desamparadas en aquel instante, más solas... La última esperanza, el último cariño se nos iban también, y me pareció ver allá, allá lejos, una mano arrugadita que nos hacía... *(doblando los dedos a estilo de despedida infantil)* así, así...

«Pues esta —pensó el avaro, de admiración en admiración—, también se explica. ¡Ñales!, ¡qué par de picos de oro!»

—Pero Dios no nos desampara —afirmó Cruz denegando expresivamente con su dedo índice—, y dice que no, que no, que no nos quiere desamparar, aunque el mundo entero en ello se empeñe.

—Y cuando nos vemos más solas, más rodeadas de tinieblas, asoma un rayito de Sol que va entrando, entrando, y...

«Esto va conmigo. Yo soy ese Sol... —dijo para su sayo Torquemada; y en alta voz—: Sí señoras; pienso lo mismo. La suerte protege al que trabaja... ¡Vaya, que esta señorita tan delicada meterse en el materialismo de una cocina!»

—Y lo peor es que no sirvo —dijo Fidela—. Gracias que esta me enseña...

—¡Ah!, ¿la enseña doña Cruz?... ¡Qué bien!

—No, no quiere decir esto que yo aprenda... Empieza ella por no ser una eminencia ni mucho menos. Yo me aplico, eso sí; pero soy muy distraída, ¡y hago cada barbaridad...!

—Bueno, ¿y qué? —indicó la mayor en tono festivo—. Como no cocinamos para huéspedes exigentes, como esto no es hotel, y solo tenemos que gustarnos a nosotras mismas, cuantas faltas se cometan están de antemano perdonadas.

—Y una vez porque sale crudo, otras porque sale quemado, ello es que siempre tenemos diversión en la mesa.

—Y en fin, que nos resulta una salsa con que no contamos: la alegría.

—Que no se compra en ninguna tienda —dijo Torquemada, muy gozoso de haber comprendido la figura—. Justo y cabal. Que me den a mí esa salsa, y le meto el diente a todas las malas comidas de la cristiandad. Pero usted, señorita Fidela, dice que guisa mal por modestia... ¡Ah!, ya quisieran más de cuatro...

—No, no, lo hago malditamente. Y puede usted creerme —añadió con la expresión viva que era quizás la más visible semejanza que tenía con Cruz—, puede usted creerme que me gustaría cocinar bien; pero muchísimo. Sí, sí, el arte culinario paréceme un arte digno del mayor respeto, y que debe estudiarse por principios y practicarse con seriedad.

—¡Como que debiera ser parte principal de la educación! —afirmó Cruz del Águila.

—Lo que digo —apuntó Torquemada—; debieran poner en las escuelas una clase de guisado... Y que las niñas, en vez de tanto piano y tanto bordado de zapatillas, aprendieran a poner bien un arroz a la vizcaína, o un atún a la marinera.

—Apruebo.

—Y yo.

—Con que... —murmuró el prestamista, golpeando con ambas manos los brazos del sillón, manera ruda y lacónica de expresar lo siguiente—: «Señoras mías, bastante tiempo hemos perdido en la parlamenta. Vamos ahora al negocio...».

—No, no, no venga usted con prisas —dijo la mayor, risueña, alardeando de una confianza que trastornó más al hombre—. ¿Qué tiene usted que hacer ahora? Nada. No le dejamos salir de aquí sin que conozca a nuestro hermano.

—Con *sumísimo* gusto... No faltaba más. Como prisa, no la hay, Es que no quisiera molestar...

—De ningún modo.

Fidela fue la primera que se levantó, diciendo: «No puedo descuidarme. Dispénseme».

Y se fue presurosa, dejando a su hermana en situación conveniente para hacerle el panegírico.

«Es un ángel de Dios. Por la diferencia de edad, que no es menor de doce años, soy para ella, más que hermana mayor, una madre. Hija y madre somos, hermanas, amiguitas, pues el cariño que nos une no solo es grande por lo intenso, señor don Francisco, sino por la extensión... no sé si me explico...»

—Comprendido —indicó Torquemada, quedándose a oscuras.

—Quiero decir que la desgracia, la necesidad, la misma bravura con que Fidela y yo luchamos por la vida, ha dado a nuestro cariño ramificaciones...

—Ramificaciones... justo.

—Y por mucho que usted aguce su entendimiento, señor don Francisco, ya tan agudo, no podrá tener idea de la bondad de mi hermana, de la dulzura de su carácter. ¡Y con qué mansedumbre cristiana se ha sometido a estas duras pruebas de nuestro infortunio! En la edad en que las jóvenes gustan de los placeres del mundo, ella vive resignada y contenta en esta pobreza, en esta oscuridad. Me parte el alma su abnegación, que parece una forma de martirio. Crea usted que si a costa de sufrimientos mayores aún de los que llevo sobre mí, pudiera yo poner a mi pobre hermana en otra esfera, lo haría sin vacilar. Su modestia es para esta triste casa el único bien que quizás poseemos hoy; pero es también un sacrificio, consumado en silencio para que resulte más grande y meritorio, y, la verdad, quisiera yo compensar de algún modo este sacrificio... Pero... *(confusa)* no sé lo que digo... no puedo expresarme. Dispénseme si le doy un poquito de matraca. Mi cabeza es un continuo barajar de ideas. ¡Ay, la desgracia me obliga a discurrir tanto, pero tanto, que yo creo que me crece la cabeza, sí!... Tengo por seguro que con el ejercicio del pensar se desarrolla el cráneo por la hinchazón de todo el oleaje que hay dentro... *(Riendo)*. Sí, sí... Y también es indudable que no tenemos derecho a marear a nuestros amigos... Dispénseme, y venga a ver a mi hermano.

Camino del cuarto del ciego, Torquemada no abrió el pico, ni nada hubiera podido decir aunque quisiera, porque la elocuencia de la noble señora le fascinaba, y la fascinación le volvía tonto, dispersando sus ideas por espacios desconocidos, e inutilizando para la expresión las poquitas que quedaban.

En la mejor habitación de la casa, un gabinetito con mirador, hallábase Rafael del Águila, figura inmóvil y melancólica que tenía por peana un sillón negro. Hondísima impresión hizo en Torquemada la vista del joven sin vista, y la soberana tristeza de su noble aspecto, la resignación dulce y discreta de aquella imagen, a la cual no era posible acercarse sin cierto respeto religioso.

VI

Imagen dije, y no me vuelvo atrás, pues con los santos de talla, mártires jóvenes, o Cristos guapos en oración, tenía indudable parentesco de color y líneas. Completaban esta semejanza la absoluta tranquilidad de su postura, la inercia de sus miembros, la barbita de color castaño, rizosa y suave, que parecía más oscura sobre el cutis blanquísimo de nítida cera; la belleza, más que afeminada, dolorida y mortuoria, de sus facciones, el no ver, el carecer de alma visible, o sea mirada.

«Ya me han dicho las señoras que... —balbució el visitante, entre asombrado y conmovido—. Pues... digo que es muy sensible que usted perdiera el órgano... Pero ¡quién sabe...! Buenos médicos hay, que...»

—¡Ah!, señor mío —dijo el ciego con una voz melodiosa y vibrante que estremecía—, le agradezco sus consuelos, que desgraciadamente llegan cuando ya no hay aquí ninguna esperanza que los reciba.

Siguió a esto una pausa, a la cual puso término Fidela entrando con una taza de caldo, que su hermano acostumbraba tomar a aquella hora. Torquemada no había soltado aún la mano del ciego, blanca y fina como mano de mujer, de una pulcritud extremada.

«Todo sea por Dios —dijo el avaro entre un suspiro y un bostezo. Y rebuscando en su mente, con verdadera desesperación, una frase del caso, tuvo la dicha de encontrar ésta—: En su desgracia, pues... la suerte le ha desquitado dándole estas dos hermanitas tan buenas, que tanto le quieren...»

—Es verdad. Nunca es completo el mal, como no es completo el bien —aseguró Rafael volviendo la cara hacia donde le sonaba la voz de su interlocutor.

Cruz enfriaba el caldo pasándole de la taza al plato, y del plato a la taza. Don Francisco, en tanto, admiraba lo limpio que estaba Rafael, con su americana o batín de lana clara, pantalón oscuro, y zapatillas rojas admirablemente ajustadas a la medida del pie. El señorito de Águila mereció en su tiempo, que era un tiempo no muy remoto, fama de muchacho guapo, uno de los más guapos de Madrid. Lució por su elegancia y atildada corrección en el vestir, y después de quedarse sin vista, cuando por ley de lógica parecía excusada e inútil toda presunción, sus bondadosas hermanas no querían que dejase de vestirse y acicalarse, como en los tiempos en que podía gozar de su hermosura ante el espejo. Era en ellas como un orgullo de familia el tenerle aseado y elegante, y si no hubieran podido darse este gusto entre tantas privaciones, no habrían tenido consuelo. Cruz o Fidela le peinaban todas las mañanas con tanto esmero como para ir a un baile; le sacaban cuidadosamente la raya, procurando imitar la disposición que él solía dar a sus bonitos cabellos; le arreglaban la barba y bigote. Gozaban ambas en esta operación, conociendo cuán grata era para él la *toilette* minuciosa, como recuerdo de su alegre mocedad; y al decir ellas: «¡qué bien estás!» sentían un goce que se comunicaba a él, y de él a ellas refluía, formando un goce colectivo.

Fidela le lavaba y perfumaba las manos diariamente, cuidándole las uñas con un esmero exquisito, verdadera obra maestra de su paciencia cariñosa. Y para él, en las tinieblas de su vida, era consuelo y alegría sentir la frescura de sus manos. En general, la limpieza le compensaba hasta cierto punto de la oscuridad. ¿El agua sustituyendo a la luz? Ello podría ser un disparate científico; pero Rafael encontraba alguna semejanza entre las propiedades de uno y otro elemento.

Ya he dicho que era el tal una figura delicada y distinguidísima, cara hermosa, manos cinceladas, pies de mujer, de una forma intachable. La idea de que su hermano, por estar ciego y no salir a la calle, tuviese que calzar mal, sublevaba a las dos damas. La pequeñez bonita del pie de Rafael era otro de los orgullos de la raza, y antes se quitaran ellas el pan de la boca, antes arrostrarían las privaciones más crueles que consentir en que se desluciera el pie de la familia. Por eso le habían hecho aquellas elegantísimas zapatillas de tafilete, exigiendo al zapatero todos los requisitos del arte. El pobre ciego no veía sus pies tan lindamente calzados; pero se los sentía, y esto les bastaba a ellas, sintiendo al unísono con él en todos los actos de la existencia.

No le ponían camisa limpia diariamente, porque esto no era posible en su miseria, y además no lo necesitaba, pues su ropa permanecía días y semanas en perfecta pulcritud sobre aquel cuerpo santo; pero aun no siendo preciso, le mudaban con esmero... y cuidado con ponerle siempre la misma corbata. «Hoy te pones la azul de rayas —decía con candorosa seriedad Fidela—, y el anillo de la turquesa.» Él contestaba que sí, y a veces manifestaba una preferencia bondadosa por otra corbata, tal vez porque así creía complacer más a sus hermanas.

El esmerado aseo del infeliz joven no fue la mayor admiración de don Francisco en aquella casa, en la cual no escaseaban los motivos de asombro. Nunca había visto él casa más limpia. En los suelos, alfombrados tan solo a trozos, se podía comer; en las paredes no se veía ni una mota de suciedad; los metales echaban chispas... ¡Y tal prodigio era realizado por personas, que según expresión de doña Lupe, no tenían más que el cielo y la tierra! ¿Qué milagros harían para mantenerse?... ¿De dónde sacaban el dinero para la compra? ¿Tendrían trampas? ¡Con qué artes maravillosas estirarían la triste peseta, el tristísimo perro grande o chico! ¡Había que verlo, había que estudiarlo, y meterse hasta el cuello en aquella lección soberana de la vida! Todo esto lo pensaba el prestamista, mientras Rafael se tomaba el caldo, después de ofrecerle.

«¿Quiere usted, don Francisco, un poquito de caldo?» —le dijo Cruz.

—¡Oh! No. Gracias, señora.

—Mire usted que es bueno... Es lo único bueno de nuestra cocina de pobres...

—Gracias... Se lo estimo...

—Pues vino no podemos ofrecerle. A este no le sienta bien, y nosotras no lo gastamos, por mil y quinientas razones, de las cuales con que usted comprenda una sola, basta.

—Gracias, señora doña Cruz. Tampoco yo bebo vino más que los domingos y fiestas de guardar.

—¡Vea usted qué cosa tan rara! —dijo el ciego—. Cuando perdí la vista, tomé en aborrecimiento el vino. Podría creerse que el vino y la luz eran hermanos gemelos, y que a un tiempo, por un solo movimiento de escape, huían de mí.

Fáltame decir que Rafael del Águila seguía en edad a su hermana Cruz. Había pasado de los treinta y cinco años; mas la ceguera, que le atacó el 83, y la inmovilidad y tristeza consiguientes, parecían haber detenido el curso de la edad, dejándole como embalsamado, con su representación indecisa de treinta años, sin lozanía en el rostro, pero también sin canas ni arrugas, la vida como estancada, suspensa, semejando en cierto modo a la inmovilidad insana y verdosa de aguas sin corriente.

Gustaba el pobre ciego de la amenidad en la conversación. Narraba con gracejo cosas de sus tiempos de vista, y pedía informes de los sucesos corrientes. Algo hablaron aquel día de doña Lupe; pero Torquemada no se interesó poco ni mucho en lo que de su amiga se dijo, porque embargaban su espíritu las confusas ideas y reflexiones sobre aquella casa y sus tres moradores. Habría deseado explicarse con las dos damas, hacerles mil preguntas, sacarles a tirones del cuerpo sus endiablados secretos económicos, que debían de constituir toda una ley, algo así como la Biblia, un código supremo, guía y faro de pobres vergonzantes.

Aunque bien conocía el avaro que se prolongaba más de la cuenta la visita, no sabía cómo cortarla, ni en qué forma desenvainar el pagaré y los dineros, pues esto, sin saber por qué, se le representaba como un acto vituperable, equivalente a sacar un revólver y apuntar con él a las dos señoras del Águila. Nunca había sentido tan vivamente la *cortedad del negocio*, que esto y no otra cosa era su perplejidad; siempre embistió con ánimo tranquilo y conciencia firme en su derecho a los que por fas o por nefas necesitaban de su auxilio para salir de apuros. Dos o tres veces echó mano al bolsillo, y se le vino al pico de la lengua el sacramental introito: «Conque señoras...» y otras tantas la desmayada voluntad no llegó a la ejecución del intento. Era miedo, verdadero temor de faltar al respeto a la infeliz cuanto hidalga familia. La suerte suya fue que Cruz, bien porque conociera su apuro, bien porque deseara verle partir, tomó la iniciativa, diciéndole: «Si a usted le parece, arreglaremos eso». Volvieron a la sala, y allí se trató del negocio tan brevemente, que ambos parecían querer pasar por él como sobre ascuas. En Cruz era delicadeza, en Torquemada el miedo que había sentido antes, y que se le reprodujo con síntomas graves en el acto de ajustar cuentas pasadas y futuras con las pobrecitas aristócratas. Por su mente pasó como un relámpago la idea de perdonar intereses en gracia de la tristísima situación de las tres dignas personas... Pero no fue más que un relámpago, un chispazo, sin intensidad ni duración bastantes para producir explosión en la voluntad... ¡Perdonar intereses! Si no lo había hecho nunca, ni pensó que hacerlo pudiera en ningún caso... Cierto que las señoras del Águila merecían consideraciones excepcionales; pero el abrirles mucho la mano, ¡cuidado!, sentaba un precedente funestísimo.

Con todo, su voluntad volvió a sugerirle, allá en el fondo del ser, el perdón de intereses. Aún hubo en la lengua un torpe conato de formular la proposición; pero no conocía él palabra fea ni bonita que tal cosa expresara, ni qué cara se había de poner al decirlo, ni hallaba manera de traer semejante idea desde los espacios oscuros de la primera intención a los claros términos del hecho real. Y para mayor tormento suyo, recordó que doña Lupe le había encargado algo referente a esto. No podía determinar su infiel memoria si la difunta había dicho *perdón* o *rebaja*. Probablemente sería esto último, pues *la de los pavos* no era ninguna derrochadora... Ello fue que en su perplejidad, no supo el avaro lo que hacía, y la operación de crédito se verificó de un modo maquinal. No hizo Cruz observación alguna. Torquemada tampoco, limitándose a presentar a la señora el pagaré ya extendido para que lo firmase. Ni un gemido exhaló la víctima, ni en su noble faz pudiera observar el más listo novedad alguna. Terminado el acto, pareció aumentar el aturdimiento del prestamista; y despidiéndose grotescamente, salió de la casa a tropezones, chocando como pelota en los ángulos del pasillo, metiéndose por una puerta que no era la de salida, enganchándose la americana en el cerrojo, y bajando al fin casi a saltos; pues no se fijó en que eran curvas las vueltas de la escalera; y allá iba el hombre por aquellos peldaños abajo, como quien rueda por un despeñadero.

VII

Su confusión y atontamiento no se disiparon, como pensaba, al pisar el suelo firme de la calle; antes bien, este no le pareció absolutamente seguro. Ni las casas guardaban su nivel, dígaselo que se dijera; tanto que por evitar que alguna se le cayera encima, ¡cuidado!, don Francisco pasaba frecuentemente de una acera a otra. En el café de Zaragoza, donde tenía una cita con cierto colega para tratar de un embargo, en dos o tres tiendas que visitó después, en la calle, y por fin en su propia casa, en la cual recaló ya cerca de anochecido, le perseguía una idea molesta y tenaz que sacudió de sí sin conseguir ahuyentarla; y otra vez le atacaba, como el mosquito en la oscura alcoba desciende del techo con su trompetilla y su aguijón, y cuando más se le ahuyenta más porfiado el indino, más burlón y sanguinario. La pícara idea concluyó por producirle una desazón indecible que le impedía comer con el acompasado apetito de costumbre. Era una mala opinión de sí mismo, un voto unánime de todas las potencias de su alma contra su proceder de aquella mañana. Claro que él quería rebatir aquel dictamen con argumentos mil que sacaba de este y el otro rincón de su testa; pero la idea condenatoria podía más, más, y salía siempre triunfante. El hombre se entregaba al fin, ante el aterrador aparato de lógica que la enemiga idea desplegaba, y dando un trastazo en la mesa con el mango del tenedor, se echó a su propia cara este apóstrofe: «Porrón de Cristo... ¡ñales!, mal que te pese, Francisco, confiesa que hoy te has portado como un cochino».

Abandonó los nada limpios manteles sin probar el postre que, según rezan las historias, era miel de la Alcarria, y tragado el último buche de agua del Lozoya, se fue a su gabinete, mandando a la tarasca, su sirvienta, que le llevase la lámpara de petróleo. Paseándose desde la cama al balcón, o sea desde la mitad de la alcoba al extremo del gabinete; dando tal cual bofetada a la vidriera que ambas piezas separaba, y algún mojicón a la cortina para que no le estorbara el paso, se rindió, como he dicho, a la idea vencedora. Porque, lo que él decía, alguna ocasión había de llegar en que fuera indispensable tener un rasgo. Él jamás tuvo ningún rasgo, ni había hecho nunca más que apretar, apretar y apretar. Ya era tiempo de abrir un poco la mano, pues había llegado a reunir, trabajando a pulso, una fortuna que... Vamos, era más rico de lo que él mismo pensaba; poseía casas, tierras, valores del Estado, créditos mil, todos cobrables, dineros colocados con primera hipoteca, dineros prestados a militares y civiles con retención de paga, cuenta corriente en el Banco de España; tenía cuadros de gran mérito, tapices, sin fin de alhajas valiosísimas; era, hablando bien y pronto, un hombre *opíparo*, vamos al decir, opulento... ¿Qué inconveniente había, pues, en darse un poco de lustre con las señoras del Águila, tan buenas y finas, damas, en una palabra, cual él nunca las había visto? Ya era tiempo de tirar para caballero, con pulso y medida, ¡cuidado!, y de presentarse ante el mundo, no ya como el prestamista sanguijuela, que no va más que a chupar, a chupar, sino como un señor de su posiciónque sabe ser generoso cuando le sale de las narices el serlo. ¡Y qué demonios!, todo era cuestión de unas sucias pesetas, y con ellas o sin ellas él no sería ni más rico ni más pobre. Total, que había sido un puerco, y se privaba de la satisfacción de que aquellas damas le guardaran gratitud y le tuvieran en más de lo que le tenía el común de los deudores... Porque las circunstancias habían cambiado para él con el fabuloso aumento de riqueza; se sentía vagamente ascendido a una categoría social superior; llegaban a su nariz tufos de grandeza y de *caballería*, quiere decirse, de caballerosidad... Imposible afianzarse en aquel estado superior sin que sus costumbres variaran, y sin dar un poco de mano a todas aquellas artes innobles de la tacañería. ¡Si hasta para el negocio le convenía una miaja de rumbo y liberalidad, hasta para el negocio... iñales!, porque cuando se marcara más aquella transformación a que abocado se sentía, por la fuerza de los hechos, forzoso era que acomodara sus procederes al nuevo estado!... En fin, había que ver cómo se enmendaba el error cometido... Difícil era ire-Cristo!, porque ¿con qué incumbencia se presentaba él nuevamente allá? ¿Qué les iba a decir? Aunque parezca extraño, no encontraba el hombre, con toda su agudeza, términos hábiles para formular el perdón de intereses. Infinitos recursos de palabra poseía para lo contrario; pero del lenguaje de la generosidad no conocía ni de oídas un solo vocablo.

Toda la prima noche se estuvo atormentando con aquellas ideas. Su hija Rufinita y su yerno estuvieron a visitarle, y achacaron su inquietud a motivos enteramente contrarios a los verdaderos. «A tu papá le han arreado algún timo —decía Quevedito a su esposa cuando salían para irse al teatro a ver una función de hora—. ¡Y que debe de haber sido gordo!»

Rufina, cogida del brazo de su diminuto esposo, y rebozada en su toquilla color de rosa, iba refunfuñando por la calle: «Es que papá no aprende... Aprieta sin compasión, quiere sacar jugo hasta de las piedras; no perdona, no considera, no siente lástima ni del *Sursum Corda*, y ¿qué resulta? Que la divina Providencia se descuelga protegiendo a los malos pagadores... y al pícaro prestamista, estacazo limpio... Papá debiera abrir los ojos, ver que con lo que tiene puede hacer otros papeles en el mundo, subirse a la esfera de los hombres ricos, usar levita inglesa y darse mucha importancia. ¡Vamos, que vivir en una casa de corredor, y no tratar más que con gansos, y vestir tan a la pata la llana...! Esto no está bien, ni medio bien. Verdad que a nosotros ¿qué nos va ni nos viene? Allá se entienda; pero es mi padre, y me gustaría verle en otra conformidad... Voy a lo que iba: papá estruja demasiado, ahoga al pobre, y... hay Dios en el cielo, que está mirando dónde se cometen injusticias para levantar el palo. Claro, ve que mi padre es una fiera para la cobranza, y allá va el garrotazo... Vete a saber lo que habrá pasado hoy: alguno que no paga ni a tiros, y al ir a embargarle se han encontrado con cuatro trastos viejos que no valen ni las diligencias... O alguno que ha hecho la gracia de morirse, dejando a mi padre colgado; en fin, qué sé yo lo que será... Lo que digo, que a Dios no le hace maldita gracia que papá sea tan atroz, y le dice... "¡eh, cuidado!..."».

VIII

Desde la muerte de su hijo Valentín, de triste memoria, Torquemada se arregló una vivienda en el principal de la casa de corredor que poseía en la calle de San Blas. Juntando los dos cuartitos principales del exterior, le resultó una huronera bastante capaz, con más piezas de las que él necesitaba, todo muy recogido, tortuoso y estrecho, verdadera vivienda celular en la cual se acomodaba muy a gusto, como si en cada uno de aquellos escondrijos sintiera el molde de su cuerpo. A Rufina le dio casa en otra de su propiedad, pues aunque hija y yerno eran dos pedazos de pan, se encontraba mejor solo que bien acompañado. Había dado Rufinita en la tecla de refistolear los negocios de su padre, de echarle tal cual sermoncillo por su avaricia, y él no admitía bromas de esta clase. Para cortarlas y hacer su santa voluntad sin intrusiones fastidiosas, que cada cual estuviese en su casa, y Dios... o el diablo en la de todos.

Tres piezas tan solo, de aquel pequeño laberinto, servían de vivienda al tacaño para dormir, para recibir visitas y para comer. Lo demás de la huronera teníalo relleno de muebles, tapices y otras preciosidades adquiridas en almonedas, o compradas por un grano de anís a deudores apurados. No se desprendía de ningún bargueño, pintura, objeto de talla, abanico, marfil o tabaquera sin obtener un buen precio, y aunque no era artista, un feliz instinto y la costumbre de manosear obras de arte le daban ciencia infalible para las compras así como para las ventas.

En el ajuar de las habitaciones vivideras se notaba una heterogeneidad chabacana. A los muebles de la casa matrimonial del tiempo de doña Silvia habíanse agregado otros mejores, y algunos de ínfimo valor, desmantelados y ridículos. En las alfombras se veían pedazos riquísimos de Santa Bárbara cosidos con fieltros indecentes. Pero lo más particular de la vivienda del gran Torquemada era que, desde la muerte de su hijo, había proscrito toda estampa o cuadro religioso en sus habitaciones. Acometido, en aquella gran desgracia, de un feroz escepticismo, no quería ver caras de santos ni Vírgenes, ni aun siquiera la de nuestro Redentor, ya fuese clavado en la cruz, ya arrojando del templo a los mercachifles. Nada, nada... ¡fuera santos y santas, fuera Cristos y hasta el mismísimo Padre Eterno fuera!... que el que más y el que menos, todos le habían engañado como a un chino, y no sería él, ¡ñales!, quien les guardase consideración. Cortó, pues, toda clase de relaciones con el Cielo, y cuantas imágenes había en la casa, sin perdonar a la misma Virgencita de la Paloma, tan venerada por doña Silvia, fueron llevadas en un gran canasto a la buhardilla, donde ya se las entenderían con las arañas y ratones.

Era tremendo el tal Torquemada en sus fanáticas inquinas religiosas, y con el mismo desdén miraba la fe cristiana con todo aquel fárrago de la Humanidad y del *Gran Todo* que le había enseñado Bailón. Tan mala persona era el *Gran Todo* como el otro, el de los curas, fabricante del mundo en siete pasteleros días, y luego... ¿para qué? Se mareaba pensando en el turris-burris de cosas sucedidas desde la Creación hasta el día del cataclismo universal y del desquiciamiento de las esferas, que fue el día en que remontó su vuelo el sublime niño Valentín, tan hijo de Dios como de su padre, digan lo que quieran, y de tanto talento como cualquier *Gran Todo*, o cualquier *Altísimo* de por allá. Creía firmemente que su hijo, arrebatado al cielo en espíritu y carne, lo ocupaba de un cabo a otro, o en toda la extensión del espacio infinito sin fronteras... ¡Cualquiera entendía esto de no acabarse en ninguna parte los terrenos, los aires o lo que fuesen!... Pero ¡qué demonio!, sin meterse en medidas, él creía a pies juntillas que o no había cielo ninguno, ni Cristo que lo fundó, o todo lo llenaba el alma de aquel niño prodigioso, para quien fue estrecha cárcel la tierra, y menguado saber todas las matemáticas que andan por estos mundos.

Bueno. Pues con tales antecedentes se comprenderá que la única imagen que en la casa del prestamista representaba a la Divinidad era el retrato de Valentinito, una fotografía muy bien ampliada, con marco estupendo, colgado en el testero principal del gabinete, sobre un bargueño, en el cual había candeleros de plata repujada, con velas, pareciéndose mucho a un altar. La carilla del muchacho era muy expresiva. Diríase que hablaba, y su padre, en noches de insomnio, entendíase con él en un lenguaje sin palabras, más bien de signos o visajes de inteligencia, de cambio de miradas, y de un suspirar hondo a que respondía el retrato con milagrosos guiños y muequecillas. A veces sentíase acometido el tacaño de una tristeza indefinible, que no podía explicarse, porque sus negocios marchaban como una seda, tristeza que le salía del fondo de toda aquella cosa interior que no es nada del cuerpo; y no se le aliviaba sino comunicándose con el retrato por medio de una contemplación lenta y muda, una especie de éxtasis, en que se quedaba el hombre como lelo, abiertos los ojos y sin ganas de moverse de allí, sintiendo que el tiempo pasaba con extraordinaria parsimonia, los minutos como horas, y estas como días bien largos. Excitado algunas veces por contrariedades, o cuestiones con sus víctimas se tranquilizaba haciendo la limpieza total y minuciosa del cuadro, pasándole respetuosamente un pañuelo de seda que para el caso tenía y a ningún otro uso se destinaba; colocando con simetría los candeleritos, los libros de matemáticas que había usado el niño y que allí eran como misales, un carretoncillo y una oveja que disfrutó en su primera infancia; encendiendo todas las luces y despabilándolas con exquisito cuidado, y tendiendo sobre el bargueño, para que fuese digno mantel de tal mesa, un primoroso pañuelo grande bordado por doña Silvia. Todo esto lo hacía Torquemada con cierta gravedad, y una noche llegó a figurarse que aquello era como decir misa, pues se sorprendió con movimientos pausados de las manos y de la cabeza, que tiraban a algo sacerdotal.

Siempre que le acometía el insomnio rebelde, se vestía y calzaba, y encendido el altar, se metía en pláticas con el chico, haciéndole garatusas, recordando con fiel memoria su voz y sus dichos, y ensalzando con una especie de hosanna inarticulado... ¿qué dirán ustedes?, las matemáticas, las santísimas matemáticas, ciencia suprema y única religión verdad en los mundos habidos y por haber.

Dicho se está que aquella noche, por lo muy excitado que estaba el hombre, fue noche de gran solemnidad en tan singulares ritos. Sintiéndose incapaz de dormir, ni siquiera pensó en acostarse. La tarasca le dejó solo. Encendidas las luces, apagó la lámpara de petróleo, llevándola a la sala próxima para que el tufo no le apestara, y entregose a su culto. El recuerdo de las señoras del Águila, y el vigor con que su conciencia le afeaba la conducta observada con ellas, mezcláronse a otras y sentimientos, formando un conjunto extraño. Las matemáticas, la ciencia de la cantidad, los sacros números, embargaban su espíritu. Caldeado el cerebro, creyó oír cantos lejanos sumando cantidades con música y todo... Era un coro angélico. El rostro de Valentinico resplandecía de júbilo. El padre le dijo: «Cantan, cantan bien... ¿Quiénes son esos?».

En su interior sentía el retumbar de una gran verdad proferida como un cañonazo, a saber, que las matemáticas son el *Gran Todo*, y los números los espíritus, que mirados desde abajo... son las estrellas... Y Valentinico tenía en su ser todas las estrellas, y por consiguiente todito el espíritu que anda por allá y por acá. Ya cerca de la madrugada rindiose don Francisco al cansancio, y se sentó frente al bargueño, apoyando la cabeza en el ruedo de sus brazos, y estos en el respaldo de la silla. Las luces se estiraban y enrojecían lamiendo el pábilo negro; la cera chorreaba, con penetrante olor de iglesia. El prestamista se aletargó, o se despabiló, pues ambos verbos, con ser contrarios, podían aplicarse al estado singular de sus nervios y de su cabeza. Valentín no decía nada, triste y mañoso como los niños a quienes no se ha hecho el gusto en algo que vivamente apetecen. Ni habría podido decir don Francisco si le miraba realmente, o si le veía en los nimbos nebulosos de aquel sueñecillo que en la silla descabezaba. Lo indudable es que hijo y padre se hablaron; al menos puede asegurarse, como de absoluta realidad, que don Francisco pronunció estas o parecidas palabras: «Pero si no supe lo que hacía, hijo de mi alma. No es culpa mía si no sé tocar esa cuerda del perdón... y si la toco, no me suena, cree que no me suena».

—Pues... lo que digo —debió de expresar la imagen de Valentín—, fuiste un grandísimo puerco... Corre allá mañana y devuélveles a toca teja los arrastrados intereses.

Levantose bruscamente Torquemada, y despabilando las luces, se decía: «Lo haremos; es menester hacerlo... ¡Devolución... caballerosidad... rasgo! ¿Pero cómo se compone uno para el rasgo? ¿Qué se dice? ¿De qué manera y con qué retóricas hay que arrancarse? Díreles ¡ñales!, que fue una equivocación... que me distraje... ¡ea!, que me daba vergüenza de ser rumboso... la verdad, la verdad por delante... que no acertaba con el vocablo por ser la primera vez que...».

IX

¡La primera vez que perdonaba réditos! Confuso y mareado durante toda la mañana, se sentía en presencia de una estupenda crisis. Veía como un germen de otro hombre dentro de sí, como un ser nuevo, misterioso embrión, que ya rebullía, queriendo vivir por sí dentro de la vida paterna. Y aquel sentimiento novísimo, apuntado como las ansias de amor en quien ama por vez primera, le producía una turbación juvenil, mezcla de alegrías y temor. Dirigiose, pues, a casa de las señoras del Águila, como el novato de la vida, que después de mil vacilaciones, se decide a lanzar su primera declaración amorosa. Y por el camino estudiaba la frase, rebuscando las que tuvieran el saborete melifluo que al caso correspondía. Dificultad grande era para él la palabra suave y cariñosa, pues en su repertorio usual todas sonaban broncas, ordinarias, como la percusión de la llanta de un carro sobre los desgastados adoquines.

Recibido, como el día anterior, por Cruz, que se asombró mucho de verle, estuvo muy torpe en el saludo. Olvidósele todo el *diccionario* fino que preparado llevaba, y como la dama le preguntase por la feliz circunstancia a que debía el honor de tal visita, disparose el hombre, a impulsos de la expansiva ansiedad que dentro llevaba, y allá como el diablo le dio a entender fue echando de su boca este chorretazo de conceptos: «Porque verá usted, señora doña Cruz... ayer, como soy tan distraído... Pero mi intención, ¡cuidado!, era dar a ustedes una muestra... Soy hombre considerado y sé distinguir. Crea usted que pasé un mal rato al percatarme, cuando salí, de mi descuido, de mi... *estupefacción.* Ustedes valen, ya lo creo, valen mucho, son personas dignísimas, y merecen que un amigo de corazón les dé una muestra...».

Embarullándose, tomó otro hilo; pero siempre iba a parar a la muestra, hasta que dando un brinco, de locución, se entiende, fue a caer espanzurrado en el terreno de la verdad pura y concisa: «¡Ea!, señora, que no cobro intereses, que no los cobro, aunque me lo mande el Verbo... Y aquí tiene usted, en buena moneda, lo que ayer descontamos».

Quitósele un gran peso de encima, y se maravilló de que la dama no hiciese remilgos para tomar el dinero devuelto. Diríase que esperaba el rasgo, y su sonrisa benévola y graciosa de mujer bien curtida en la sociedad revelaba la satisfacción de una sospecha confirmada. Diole las gracias con delicadeza, sin lloriqueos de pobre en quien el tomar y el pedir ha venido a ser un oficio, y conociendo con tino admirable que al usurero le causaba enojo aquel asunto, por no ser de su cuerda, mudó airosamente de conversación. ¡Qué mal tiempo hacía! ¡Vaya que, después de tanto llover, venirse aquel frío seco del Norte, en pleno Mayo! ¡Y qué desastrosa temporada para los infelices que tenían cajón en la pradera! Francamente, el Santo no se había portado bien aquel año. De aquí pasaron al disgusto de las dos señoras por la mala salud de Rafael. Era sin duda una afección hepática, efecto de su vida sedentaria y tristísima. Una temporada de campo, un viajecito, una tanda de baños alcalinos, serían quizás remedio seguro; pero no podían pensar en semejante cosa. Con discreción de buen tono se abstuvo la señora de recalcar en el tema de sus escaseces, porque no creyera el otro que pordioseaba su auxilio para llevar a baños al ciego.

La mente de Torquemada se había chapuzado en un profundo cavilar sobre la pobreza decorosa de sus amigas, y aunque Cruz habló de muy distintas cosas, no podía él seguirla más que con algún que otro tropezón monosilábico. De repente, como el nadador que después de una larga inmersión sale a flote respirando fuertemente, se arrancó el hombre con esta pregunta: «¿Y ese pleito...?».

Reproducíanse en su imaginación las estupendas ponderaciones de doña Lupe agonizante, y aquellas galeras cargadas de oro, las provincias enteras, los ingenios de Cuba y el cúmulo increíble de riquezas que por derecho pertenecían a los del Águila, y que sin duda les había quitado algún malsín. ¡Hay tanta pillería en esta España hidalga!

«¿Y ese pleitito...?» —volvió a decir, pues la señora no había contestado al primer tiro.

—Pues el pleito —replicó al fin Cruz—, sigue sus trámites. Es de lo contencioso administrativo.

—Quiere decirse que la parte contraria es el Gobierno.

—Justo.

—Pues entonces, no cansarse, lo perderán ustedes... El Gobierno se lo lleva todo. Es el amo. Peseta que en sus manos cae, no esperemos que vuelva a salir de aquellas condenadas arcas. Y dígame, ¿es de mucha cuantía?

—¡Oh!, sí señor... Y en los seis millones del suministro de cebada en la primera guerra civil... negocio de nuestro abuelo, ¿sabe usted?... pues en los seis millones, la cosa es tan clara, que si no nos reconocen ese crédito, hay que despedirse de la justicia en España.

Al oír el vocablo *millones*, Torquemada se quedó lelo, y aguzó el hocico soplando hacia arriba, manera muy suya de expresar la magnitud de las cosas juntamente con el asombro que produce.

«Hay además otros cabos, otros asuntos. La cosa es muy compleja, señor don Francisco... Mi padre fue despojado de sus tierras de la Rioja y de la ribera del Jalón, que estuvieron afectas a una fianza, por la contrata de conducción de caudales. El gobierno no cumplió lo pactado, hizo mangas y capirotes de las cláusulas del arrendamiento, y echó mano a las fincas. Absurdos, señor don Francisco, que solo se ven en este país desquiciado... ¿Quiere usted conocer detalladamente el asunto? Pues véngase por aquí alguna de estas noches. En la soledad y desamparo en que vivimos, víctimas de tanta injusticia y de tanto atropello, alejadas de la sociedad en que nacimos y en la cual hemos sufrido tantos desaires y desengaños tan horribles, Dios misericordioso nos ha concedido un lenitivo, un descanso del alma, la amistad de un hombre incomparable, de un alma caritativa, hidalga y generosa, que nos sostiene en esta lucha y nos da ánimo. Sin ese hombre compasivo, sin ese ángel, nuestra vida sería imposible: ya nos habríamos muerto de tristeza. Ha sido el contrapeso de tanto infortunio. En él hemos visto a la Providencia, piadosa y bella, trayéndonos un ramito de oliva después del diluvio, y diciéndonos que no olvidemos que existe la esperanza. ¡Esperanza! Basta con saber que no ha sido arrebatada del mundo, para sentirla y vivir y alentar con ella. Gracias a ese buen amigo no lo creemos todo perdido. Miramos a las tinieblas que nos cercan, y allá lejos vemos una lucecita, una lucecita...»

—¿Y ese señor...? —dijo Torquemada, en quien la curiosidad pudo más que el gustillo de oír a la señora.

—¿Conoce usted a don José Ruiz Donoso?

—Donoso, Donoso... Me parece que me suena ese nombre.

—Persona muy conocida en Madrid, de edad madura, buena presencia, respirando respetabilidad; modales de príncipe, pocas palabras, acciones hidalgas sin afectación... Don José Ruiz Donoso... Sí, le habrá usted visto mil veces. Ha sido empleado en Hacienda, de esos que nunca quedan cesantes, pues sin ellos no hay oficina posible... Hoy le tiene usted jubilado con treinta y seis mil, y vive como un patriarca, sin más ocupación que cuidar a su mujercita enferma, y mirar por nosotras, activando el dichoso pleito, que si fuera cosa suya no le inspiraría mayor interés. ¡Ay, nos quiere mucho, nos adora! Fue íntimo de nuestro padre, y juntos siguieron en Granada la carrera de leyes. Hombre muy bien quisto en todo el Madrid oficial, para él no hay puerta cerrada en este y el otro ministerio, ni en el Tribunal de Cuentas, ni en el Consejo de Estado. Todo el día le tiene usted de oficina en oficina, dando empujones al carro pesadísimo de nuestro pleito, que hoy se nos atasca en este bache, mañana en el otro. Conocedor como nadie del teclado jurídico y administrativo, ya toca el registro de la recomendación amistosa, ya el de la autoridad severa; un día le echa el brazo por el hombro al consejero A; otro le suelta una peluca al oficial B, del Tribunal de Cuentas; y así marcha el asunto, y así sabemos lo que es esperanza, y así vivimos. Crea usted que el día en que Donoso nos falte, para nosotros se acabó el mundo, y nada tendremos que hacer en él más que procurarnos una muerte cristiana que nos lleve al otro lo más pronto posible.

Panegírico tan elocuente acreció la curiosidad de Torquemada, que no veía las santas horas de echarse a la cara al señor de Donoso, a quien, por el retrato trazado de tan buena mano, ya creía conocer. Le estaba viendo, le sentía, érale familiar.

«No falta aquí ni una noche, aunque caigan capuchinos de bronce —añadió la dama—. Es nuestra única tertulia, y el único solaz de esta vida tristísima. Se me figura que han de simpatizar ustedes. Conocerá usted a un hombre muy severo de principios, recto como los caminos de Dios, veraz como el Evangelio, y de trato exquisito sin zalamerías, ese trato que ya se va perdiendo, la finura unida a la dignidad y al sentimiento justo de la distancia que debe guardarse siempre entre las personas.»

—Sí que vendré —dijo don Francisco, abrumado por la superioridad del personaje, tal como Cruz le pintaba.

Algo más de lo conveniente alargó la visita, esperando que asomara Fidela, a quien deseaba ver. Oyó su voz dulce y cariñosa, hablando con el ciego en el gabinete próximo, como si amorosamente le riñera. Mas la cocinerita no se presentaba, y al fin el tacaño no tuvo más remedio que largarse, consolándose de su ausencia con el propósito firme de volver a la noche.

X

Vestido con los trapitos de cristianar, se fue entre ocho y nueve, y cuando llamaba a la puerta, subía tosiendo y con lento paso el señor de Donoso. Entraron casi juntos, y en el saludo y presentación, dicho se está que habían de contrastar la soltura y práctica mundana del viejo amigo de la casa con la torpeza desmañada del nuevo. Era Donoso un hombre eminentemente calvo, de bigote militar casi blanco; las cejas muy negras, grave y ceremonioso el rostro, como un emblema oficial que en sí mismo llevaba el respeto de cuantos lo miraban; lleno y bien proporcionado de cuerpo y talla, con cierta tiesura de recepción, obra de la costumbre y del trato social; vestido con acendrada pulcritud, todo muy limpio, desde el cráneo pelado que relucía como una tapadera de bruñido marfil, hasta las botas bien dadas de betún, y sin una mota del fango de las calles.

Desde los primeros momentos cautivó a Torquemada, que no le quitaba ojo, ni perdía sílaba de cuanto dijo, admirando lo correcto de su empaque, y la fácil elegancia de sus expresiones. Aquella levita cerrada, tan bien ajustadita al cuerpo, era la pieza de ropa más de su gusto. Así, así eran galanas y *señoras* las levitas, *herméticamente cerradas*, no como la suya, del tiempo de Mariana Pineda, tan suelta y desgarbada, que no parecía, al andar con ella, sino un murciélago en el momento de levantar el vuelo. ¿Pues y aquel pantalón de rayas con tan buena caída, sin rodilleras?... ¡y todo, Señor, todo:

los cuellos tiesos, blancos como la leche; las botas de becerro, gruesas sin dejar de ser elegantes, y hasta la petaca que sacó, con cifra, para ofrecerle un cigarrillo negro, de papel pectoral engomado! Todo, Señor, todo en don José Ruiz Donoso, delataba al caballero de esos tiempos, tal y como debían ser los caballeros, como Torquemada deseaba serlo, desde que esta idea de la caballería se le metió entre ceja y ceja.

El estilo, o lo que don Francisco llamaba *la explicadera*, le cautivaba aún más que la ropa, y apenas se atrevía el hombre a dar una opinión tímida sobre las cosas diversas que allí se hablaron. Donoso y Cruz se lo decían todo, y se lo comentaban a competencia. Ambos gastaban un repertorio inagotable de frases lucidísimas, que Torquemada iba apuntando en su memoria para usarlas cuando el caso viniese. Fidela hablaba poco; en cambio el ciego metía baza en todos los asuntos, con verbosidad nerviosa y con el donaire propio de un hombre en quien la falta de vista ha cultivado la imaginación.

Dando mentalmente gracias a Dios por haberle deparado en el señor de Donoso el modelo social más de su gusto, don Francisco se proponía imitarle fielmente en aquella transformación de su personalidad que le pedían el cuerpo y el alma; y más atento a observar que a otra cosa, no se permitía intervenir en la conversación sino para opinar como el oráculo de la tertulia. ¡Vamos, que también doña Cruz era oráculo, y decía unas cosas que ya las habría querido Séneca para sí! Torquemada soltaba gruñiditos de aprobación, y aventuraba alguna frase tímida, con el encogimiento de quien a cada instante teme hacer un mal papel.

Dicho se está que Donoso trataba al prestamista de igual a igual, sin marcar en modo alguno la inferioridad del amigo nuevo de la casa. Su cortesía era como de reglamento, un poco seca y sin incurrir en confianzas impropias de hombres tan formales. Representaba don José unos sesenta años; pero tenía más, bastante más, muy bien llevados, eso sí, gracias a una vida arregladísima y llena de precauciones. Cuerpo y alma se equilibraban maravillosamente en aquel sujeto de intachables costumbres, de una probidad en que la maledicencia no pudo poner jamás la más mínima tacha; con la religión del método, aprendida en el culto burocrático y trasegada de la administración a todos los órdenes de la vida; de inteligencia perfectamente alineada en ese nivel medio que constituye la fuerza llamada opinión. Todo esto, con sagacidad adivinatriz, lo caló al instante Torquemada: aquel era su hombre, su tipo, lo que él debía y quería ser al encontrarse rico y merecedor de un puesto honroso en la sociedad.

Picando aquí y allá, la conversación recayó en el pleito. Aquella noche, como todas, Donoso llevaba noticias. Cuando no tenía algo nuevo que decir, retocaba lo de la noche anterior, dándole visos de frescura, para sostener siempre verdes las esperanzas de sus amigas, a quienes quería entrañablemente.

«Al fin, en el Tribunal ha aparecido el inventario del año 39. No ha costado poco encontrarlo. El oficial es amigo mío, y ayer le acusé las cuarenta por su morosidad... El ponente del Consejo me ha prometido despachar el dictamen sobre la incidencia. Podemos contar con que antes de las vacaciones habrá recaído fallo... He podido conseguir que se desista del informe de Guerra, que sería el cuento de nunca acabar...» Y por aquí seguía. Cruz suspiraba, y Fidela parecía más atenta a su labor de *frivolité* que al litigio.

«En este Madrid —dijo don Francisco, que en aquel punto de la conversación se encontró con valor para irse soltando—, se eternizan los pleitos, porque los que administran justicia no miran más que a las influencias. Si las señoras las tienen, échense a dormir. Si no, esperen sentadas el fallo. De nada le vale al pobre litigante que su derecho sea más claro que el Sol, si no halla buenas aldabas a que agarrarse.»

Dijo, y se sopló de satisfacción al notar lo bien que caía en los oyentes su discurso. Donoso lo apoyaba con rápidos movimientos de cabeza, que producían en la convexidad reluciente de su calva destellos mareantes.

«Lo sé por experiencia propia de mí mismo —agregó el orador, abusando lastimosamente del pleonasmo—. ¡Ay, qué curia, ralea del diablo, peste del infierno! Olían la carne; se figuraban que había dónde hincar la uña, y me volvían loco con esperas de hoy para mañana, y de este mes para el otro, hasta que yo los mandaba a donde fue el padre Padilla y un poquito más allá. Claro, como no me dejaba saquear, perdía, y por esto ahora, antes que andar por justicia, prefiero que todo se lo lleven los demonios.»

Risas. Fidela le miró, diciendo de improviso:

«Señor don Francisco, ya sabemos que en Cadalso de los Vidrios tiene usted mucha propiedad.»

—Lo sabemos —agregó Cruz—, por una mujer que fue criada nuestra y que es de allá. Viene a vernos de cuando en cuando, y nos trae albillo por Octubre, y en tiempo de caza, conejos y perdices.

—¿Propiedad yo?... Regular, nada más que regular...

—¿Cuántos pares? —preguntó lacónicamente Donoso.

—Diré a ustedes... Lo principal es viña. Cogí el año pasado mil y quinientas cántaras...

—¡Hola, hola!

—¡Pero si va a seis reales! Apenas se saca para el coste de laboreo, y para la condenada contribución.

—No se achique —dijo Cruz—. Todos los labradores son lo mismo. Siempre llorando...

—Yo no lloro, no señora... No vayan a creer que estoy descontento de la suerte. No hay queja, no. Tengo, sí señora, tengo. ¿A qué lo he de negar, si es el fruto de mi sudor?

—Vamos, que es usted riquísimo —dijo Fidela en tono que lo mismo podía ser de burla que de desdén, con un poquito de asombro, como si detrás de aquella frase hubiese una vaga acusación a la Providencia por lo mal que repartía las riquezas.

—Poco a poco... ¿Qué es eso de riquísimo? Hay, sí señora, hay para una mediana olla. Tengo algunas casas... Y en Cadalso, además del viñedo, hay un poco de tierra de labor, su poco de pasto...

—Va a resultar —observó el ciego en tono jovial—, que con todos esos pocos se trae usted medio mundo en el bolsillo. ¡Si con nosotros no ha de partirlo usted!

Risas. Torquemada, un poquitín corrido, se arrancó a decir: «Pues bueno, señoras y caballeros, soy rico, relativamente rico, lo cual no quita que sea humilde, muy humilde, muy llano, y que sepa vivir a lo pobre, con un triste pedazo de pan si a mano viene. Miserable me suponen algunos que me ven trajeado sin los requilorios de la moda; por pelagatos me tienen los que saben mi cortísimo gasto de casa y boca, y el no suponer, el no pintarla nunca. Como que ignoro lo que es darse lustre, y para mí no se ha hecho la bambolla».

Al oír este arranque, en que don Francisco puso cierto énfasis, Donoso, después de reclamar con noble gesto la atención, endilgó un solemne discurso que todos oyeron religiosamente, y que merece ser consignado, pues de él se derivan actitudes y determinaciones de la mayor importancia en esta real historia.

XI

«¿A qué hacer un misterio de la riqueza bien ganada? —dijo Donoso en tono grave, midiendo las palabras, y oyéndose el concepto, por lo que venía a ser a un tiempo mismo orador y público—. ¿A qué disimularla con mal entendida humildad? Resabio es ese, señor don Francisco, de una educación meticulosa, y de costumbre que debemos desterrar, si queremos que haya bienestar y progreso, y que florezcan el comercio y la industria. ¿Y a qué vienen, señor don Francisco, esa exagerada modestia, esos hábitos de sobriedad sórdida, sí señor, sórdida, en desacuerdo con los posibles atesorados por el trabajo? ¿A qué viene ese vivir con apariencias de miseria, poseyendo millones, y cuando digo millones, digo también miles, o lo que sea? No; cada cual debe vivir en armonía con sus posibles, y así tiene derecho a exigirlo la sociedad. Viva el jornalero como jornalero, y el capitalista como capitalista, pues si es chocante ver a un pobre pelele echando la casa por la ventana, no lo es menos ver a un rico escatimando el céntimo, y rodeado de escaseces y porquerías. No: cada cual según su porqué; y el rico que vive con miseria, entre gente zafia y ordinaria, peca gravemente, sí señor, pero contra la sociedad. Esta necesita constituir una fuerza resistente contra los embates del proletariado envidioso. ¿Y con qué elementos ha de constituir esa fuerza, sino con la gente adinerada? Pues si los terratenientes y los rentistas se meten en una covacha, y esconden lo que les da el derecho de ocupar las grandes posiciones, si renuncian a estas y se hacen pasar por mendigos, ¿en quién, digo yo, en quién ha de apoyarse la sociedad para su mejor defensa?»

Se cruzó de brazos. Nadie le contestaba, porque nadie se atrevía a interrumpir con palabra ni gesto retahíla tan elocuente. Siguió diciendo:

«La riqueza impone deberes, señor mío: ser pudiente, y no figurar como tal en el cuadro social, es yerro grave. El rico está obligado a vivir armónicamente con sus posibles, gastándolos con la prudencia debida, y presentándose ante el mundo con esplendor decoroso. La posición, amigo mío, es cosa muy esencial. La sociedad designa los puestos a quienes deben ocuparlos. Los que huyen de ellos, dejan a la sociedad desamparada y en poder de la pillería audaz. No señor; hay que penetrarse bien de las obligaciones que nos trae cada moneda que entra en nuestro bolsillo. Si el pudiente vive cubierto de harapos, ¿me quiere usted decir cómo ha de prosperar la industria? Pues y el comercio, ¿me quiere usted decir cómo ha de prosperar? ¡Adiós riqueza de las naciones, adiós movimiento mercantil, adiós cambios, adiós belleza y comodidad de las grandes capitales, adiós red de caminos de hierro!... Y hay más. Las personas de posición constituyen lo que llamamos *clases directoras* de la sociedad. ¿Quién da la norma de cuanto acontece en el mundo? Las clases directoras. ¿Quién pone un valladar a las revoluciones? Las clases directoras. ¿Quién sostiene el pabellón de la moralidad, de la justicia, del derecho público y privado? Las clases directoras. ¿Le parece a usted que habría sociedad, y que habría paz, y que habría orden y progreso, si los ricos dijeran: "pues mire usted, no me da la gana de ser clase directora, y me meto en mi agujero, me visto con siete modas de atraso, no gasto un maravedí, como como un cesante, duermo en un jergón lleno de pulgas, no hago más que ir metiendo mis rentas en un calcetín, y allá se las componga la sociedad, y defiéndase como pueda del socialismo y de las trifulcas. Y la industria que muera, pues para nada me hace falta; y el comercio que lo parta un rayo; y las vías de comunicación que se vayan en hora mala. ¿Ferrocarriles? Si yo no viajo, ¿para qué los quiero? ¿Urbanización, higiene, ornato de las ciudades? ¿A mí qué? ¿Policía, justicia? Como no pleiteo, como no falto a la ley escrita, vayan con mil demonios..."»

Detenido para tomar aliento, el labio palpitante, acalorado el pecho, oyose un vago rumor de aprobación, la cual no se manifestaba con aplausos por el excesivo respeto que a todos el orador infundía.

Pausa. Transición de lo serio a lo familiar. «No tome a mal, señor don Francisco, esta filípica que me permito echarle. Óigala con benevolencia, y después usted, con su buen juicio, hará lo que le acomode... Hablamos aquí como amigos, y cada cual dice lo que siente. Pero yo soy muy claro, y con las personas a quienes estimo de veras uso una claridad que a veces encandila.

Conozco bien la sociedad. He vivido más de cuarenta años en contacto con todas las eminencias del país; he aprendido algo; no me faltan ideas; sé apreciar las cosas; la experiencia me da cierta autoridad. Usted me parece persona muy sensata, de muy buen sentido, solo que demasiado metido en su concha. Es usted el caracol, siempre con la casa acuestas. Hay que salir, vivir en el mundo... Me permito decirle mi parecer, porque yo predico a los hombres agudos: a los tontos no les digo nada. No me entenderían.»

—Bien, bien —murmuró Torquemada, que atontado por el terrible efecto de las amonestaciones de Donoso, no acertaba a expresar su admiración—. Ha hablado usted como Séneca; no, mejor, mucho mejor que Séneca... Es que... diré a ustedes... Como yo me crié pobre, y con estrechez he vivido ahorrando hasta la saliva, no puedo acostumbrarme... ¿Cuál es el camino más derecho del mundo? La costumbre... y por él voy. ¿Yo metiéndome a clase directora? ¿Yo pintándola por ahí? ¿Yo echando facha y...? No, no puede ser; no me cae, no me comprendo así, vamos.

—¡Si no es echar facha, por Dios!

—Si más afectación, y por consiguiente más *facha*, hay en aparentar pobreza siendo rico.

—Solo se trata de dar a la verdad su natural semblante.

—Se trata de representar lo que se es.

—Otra cosa es engaño.

—Mentira farsa.

—No basta ser rico, sino parecerlo.

—Justo.

—Cabal.

Estos comentarios, expresados rápidamente por los tres Águilas, sin dar a don Francisco tiempo para hacerse cargo de cada uno de ellos, le envolvieron en un torbellino. Sus oídos zumbaban; las ideas penetraban en su mente como una bandada de alimañas perseguidas, y volvían a salir en tropel para revolotear por fuera. Balbuciente primero, con segura voz después, manifestose conforme con tales ideas, asegurando que ya había pensado en ello despacio, y que se reconocía fuera de su natural centro y clase; pero ¿cómo vencer su genio corto y encogido, cómo aprender de golpe las mil cosas que una persona de posibles debe saber? Echose instintivamente por este camino de sinceridad, después de muchos tropezones y reticencias, y antes que pensara si le sería conveniente declarar su incapacidad para la finura, ya la había declarado y confesado como un niño sorprendido en falta. ¿Qué remedio ya? Lo dicho, dicho estaba, y no se volvía atrás. Donoso le arguyó con razones poderosas; Cruz sostuvo que otros más desmañados andaban por el mundo hechos unos príncipes, y Fidela y el ciego le animaban con observaciones festivas, que si algo tenían de burla, era esta tan discreta y sazonada que no podía ofenderle.

Charla charlando, llegó el fin de la velada, y tan gustoso se encontraba allí el hombre, que habría podido creer que su conocimiento con las Águilas y con Donoso databa de fecha muy remota; de tal modo se le iban metiendo en el corazón. Juntos salieron los dos amigos de la casa, y por el camino platicaron cuanto les dio la gana sobre negocios, maravillándose don Francisco de lo fuerte que estaba don José en aquellas materias, y de lo bien que discurría sobre el interés del capital y demás incumbencias económicas.

Y solo ya en su madriguera, recordaba el prestamista, palabra por palabra, el réspice que le echó aquel su nuevo amigo y ya director espiritual, pues pensaba seguir lo mejor que pudiese su sapientísima doctrina. Lo que le había dicho sobre los deberes del rico y la ley de las posiciones sociales era cosa que se debía oír de rodillas, algo como el sermón de la Montaña, la nueva ley que debía transformar el mundo. El mundo en aquel caso era él, y Donoso el Mesías que había venido a volverlo todo patas arriba, y a fundar nueva sociedad sobre las ruinas de la vieja. En sus ratos de desvelo no pensaba don Francisco más que en el sastre a que había de encargar una levita *herméticamente cerrada* como la de Donoso; en el sombrerero que le decoraría la cabeza, y en otras cosas pertinentes a la vestimenta. ¡Oh!, sin pérdida de tiempo había que declarar la guerra a la facha innoble, al vestir sucio y ordinario. Bastantes años llevaba ya de adefesio. La sociedad fina le reclamaba como a un desertor, y allá se iba derecho, con botas de charol y todo lo demás que le correspondía.

Pero su mayor asombro era que en una sola noche de palique con aquellas dignísimas personas había aprendido más términos elegantes que en diez años de su vida anterior. Del trato con doña Lupe había sacado (en justicia debía decirlo) diferentes modos de hablar que le daban mucho juego.

Por ejemplo, con ella aprendió a decir: *plantear la cuestión, en igualdad de circunstancias, hasta cierto punto*, y *a grandes rasgos*. Pero ¿qué significaba esta miseria de lenguaje con las cosas bonitísimas que acababa de asimilarse? Ya sabía decir *ad hoc* (pronunciaba *azoc*), *partiendo del principio, admitiendo la hipótesis, en la generalidad de los casos*; y, por último, gran conquista era aquello de llamar a todas las cosas el *elemento tal*, el *elemento cual*. Creía él que no había más elementos que el agua y el fuego, y ahora salíamos con que es muy bello decir los *elementos conservadores*, el *elemento militar*, el *eclesiástico*, etc.

Al día siguiente, todas las cosas se le antojaron distintas de como ordinariamente las veía. «¿Pero me he vuelto yo niño?» se dijo, notando en sí un gozo que le retozaba por todo el cuerpo, una como ansia de vivir, o dulce presagio de felicidades. Todas las personas de su conocimiento que aquel día vio, pareciéronle de una tosquedad intolerable. Algunas le daban asco. El café del Gallo y el de las Naranjas, a donde tuvo que ir en persecución de un infeliz deudor, pareciéronle indecorosos. Amigos encontró que no andaban a cuatro pies por especial gracia de Dios, y los había que le apestaban. «Atrás, ralea indecente» se decía, huyendo del trato de los que fueron sus iguales, y refugiándose en su casa, donde al menos tenía la compañía de sus pensamientos, que eran unos pensamientos muy guapos, de levita y sombrero de copa, graves, sonrientes, y con tufillo de agua de colonia.

Recibió a su hija con cierto despego aquel día, diciéndole: «¡Pero qué facha te traes! Hasta me parece que hueles mal. Eres muy ordinaria, y tu marido el cursi más grande que conozco, *uno de nuestros primeros cursis*».

XII

Dicho se está que antes faltaran las estrellas en la bóveda celeste, que Torquemada en la tertulia de las señoras del Águila, y en la confraternidad del señor de Donoso, a quien poco a poco imitaba, cogiéndole los gestos y las palabras, la manera de ponerse el sombrero, el tonito para saludar familiarmente, y hasta el modo de andar. Bastaron pocos días para entablar amistad. Empezó el tacaño por hacerse el encontradizo con su modelo en Recoletos, donde vivía; le visitó luego en su casa con pretexto de consulta sobre un préstamo a retro que acababan de proponerle, y por mediación de

Donoso hizo después otro hipotecario en condiciones muy ventajosas. De noche se veían en casa de las del Águila, donde el tacaño había adquirido ya cierta familiaridad. No sentía encogimiento, y viéndose tratado con benevolencia y hasta con cariño, arrimábase al calor de aquel hogar en que dignidad y pobreza eran una misma cosa. Y no dejaba de notar cierta diferencia en la manera de tratarle las cuatro personas de aquella gratísima sociedad. Cruz era quien mayores miramientos tenía con él, mostrándole en toda ocasión una afabilidad dulce y deseos de contentarle. Donoso le miraba como amigo leal. En Fidela creía notar cierto despego y algo de intención zumbona, como si delicadamente y con mucha finura quisiera a veces... lo que en estilo vulgar se llama *tomar el pelo*; y por fin, Rafael, sin faltar a la urbanidad, siempre correcto y atildado, le llevaba la contraria en muchas de las cosas que decía. Poquito a poco vio don Francisco que se marcaba una división entre los cuatro personajes, dos a un lado, dos al otro. Si en algunos casos la división no existía, y todo era fraternidad y concordia, de repente la barrerita se alzaba, y el avaro tenía que alargar un poco la cabeza para ver a Fidela y al ciego de la parte de allá. Y ellos le miraban a él con cierto recelo, que era lo más incomprensible. ¿Por qué tal recelo, si a todos les quería, y estaba dispuesto a descolgarse con algún sacrificio de los humanamente posibles, dentro de los límites que le imponía su naturaleza?

Cruz sí que se le entraba por las puertas del alma con su afabilidad cariñosa, y aquel gracejo que le había dado Dios para tratar todas las cuestiones. Poquito a poco fue creciendo la familiaridad, y era de ver con qué salero sabía la dama imponerle sus ideas, trocándose de amiga en preceptora. «Don Francisco, esa levita le cae a usted que ni pintada. Si no moviera tanto los brazos al andar, resultaría usted un perfecto diplomático...» «Don Francisco, haga por perder la costumbre de decir *mismamente* y *ojo al Cristo*. No sienta bien en sus labios esa manera de hablar...» «Don Francisco, ¿quién le ha puesto a usted la corbata?, ¿el gato? Creeríase que no han andado manos en ella, sino garras...» «Don Francisco, siga mi consejo y aféitese la perilla, que mitad blanca y mitad negra, tiesa y amenazadora, parece cosa postiza. El bigote solo, que ya le blanquea, le hará la cara más respetable. No debe usted parecer un oficial de clase de tropa, retirado. A buena presencia no le ganará nadie, si hace lo que le digo...» «Don Francisco, quedamos en que desde mañana no me trae acá el cuello marinero. Cuellito alto, ¿estamos? O ser o no ser persona de circunstancias, como usted dice...» «Don Francisco, usa usted demasiada agua de colonia. No tanto, amigo mío. Desde que entra usted por la puerta de la calle vienen aquí esos batidores del perfume anunciándole. Medida, medida, medida en todo...» «Don Francisco, prométame no enfadarse, y le diré... ¿se lo digo?... le diré que no me gusta nada su escepticismo religioso. ¡Decir que no le *entra el dogma*! Aparte la forma grosera de expresarlo, ¡*entrarle el dogma!*, la idea es abominable. Hay que creer, señor mío. Pues qué, ¿hemos venido a este mundo para no pensar más que en el miserable dinero?»

Dicho se está que con estas reprimendas dulces y fraternales se le caía la baba al hombre, y allí era el prometer sumisión a los deseos de la señora, así en lo chico como en lo grande, ya en el detalle nimio de la corbata, ya en el grave empeño de apechugar a ojos cerrados con todas y cada una de las verdades religiosas.

Fidela se permitía dirigirle iguales admoniciones, si bien en tono muy distinto, ligeramente burlón y con toques imaginativos muy graciosos. «Don Francisco, anoche soñé que venía usted a vernos en coche, en coche propio, como debe tenerlo un hombre de *posibles*. Vea usted como los sueños no son disparates. La realidad es la que no da pie con bola, en la mayoría de los casos... Pues sí, sentimos el estrépito de las ruedas, salí al balcón, y me veo a mi don Francisco bajar del *landeau*, el lacayo en la portezuela, sombrero en mano...»

—¡Ay, qué gracia!...

—Dijo usted al lacayo no sé qué... con ese tonillo brusco que suele usar... y subió. No acababa nunca de subir. Yo me asomé a la escalera, y le vi sube que te sube, sin llegar nunca, pues los escalones aumentaban a cientos, a miles, y aquello no concluía. Escalones, siempre escalones... Y usted sudaba la gota gorda... Ya por último, subía encorvadito, muy encorvadito, sin poder con su cuerpo... y yo le daba ánimos. Se me ocurrió bajar, y el caso es que bajaba, bajaba sin poder llegar hasta usted, pues la escalera se aumentaba para mí bajando como para usted subiendo...

—¡Ay, qué fatiga, y qué sueños tan raros!

—Esta es así —dijo Cruz riendo—. Siempre sueña con escaleras.

—Es verdad. Todos mis sueños son de subir y bajar. Amanezco con las piernas doloridas y el pecho fatigado. Subo por escaleras de papel, por escaleras de diamante, por escalas tan sutiles como hilos de araña. Bajo por peldaños de metal derretido, por peldaños de nieve, y por un sin fin de cosas, que son mis propios pensamientos puestos unos debajo de otros... ¿Se ríen?

Sí que se reían, Torquemada principalmente, con toda su alma, sin sentirse lastimado por el ligero acento de sátira que salpimentaba la conversación de Fidela como un picante usado muy discretamente. El sentimiento que la joven del Águila le inspiraba era muy raro. Habría deseado que fuese su hija, o que su hija Rufina se le pareciese, cosas ambas muy difíciles de pasar del deseo a la realidad. Mirábala como una niña a quien no se debía consentir ninguna iniciativa en cosas graves, y a quien convenía mimar, satisfaciendo de vez en cuando sus antojos infantiles. Fidela solía decir que le encantaban las muñecas, y que hasta la época en que la adversidad le impuso deberes domésticos muy penosos se permitía jugar con ellas. Conservaba de los tiempos de su niñez opulenta algunas muñecas magníficas, y a ratos perdidos, en la soledad de la noche, las sacaba para recrearse y charlar un poco con sus mudas amigas, recordando la edad feliz. Confesábase, además, golosa. En la cocina, siempre que hacían algún postre de cocina, fruta de sartén o cosa tal, lo saboreaba antes de servirlo, y el repuesto de azúcar tenía en la cocinera un enemigo formidable. Cuando no mascaba un palito de canela, roía las cáscaras de limón; se comía los fideos crudos, los tallos tiernos de lombarda, y las cáscaras de queso. «Soy el ratón de la casa —decía con buena sombra—, y cuando teníamos jilguero, yo le ayudaba a despachar los cañamones. Me gusta extraordinariamente chupar una hojita de perejil, roer un haba, o echar en la boca un puñadito de arroz crudo. Me encanta el picor de la corteza de los rabanitos, y la miel de la Alcarria me trastorna hasta el punto de que la estaría probando, probando, por ver si es buena, hasta morirme. Por barquillos soy yo capaz de no sé qué, pues me comería todos los que se hacen y se pueden hacer en el mundo; tanto, tanto me gustan. Si me dejaran, yo no comería más que barquillos, miel y... ¿a que no lo acierta don Francisco?»

—¿Cacahuet?

—No.

—¿Piñones confitados?

—Tampoco.

—¿Pasas, alfajores, guirlache, almendras de Alcalá, bizcochos borrachos?

—Los bizcochos borrachos también me emborrachan a mí. Pero no es eso, no es eso. Es...

—Chufas —dijo el ciego para concluir de una vez.

—Eso es... Me muero por las chufas. Yo mandaría que se cultivara esa planta en toda España, y que se vendiera en todas las tiendas, para sustituir el garbanzo. Y la horchata debiera usarse en vez de vino. Ahí tiene usted una cosa que a mí no me gusta, el vino. ¡Qué asco! ¡Vaya con lo que inventan los hombres! Estropear las uvas, una cosa tan buena, por sacar de ellas esa bebida repugnante... A mí me da náuseas, y cuando me obligan a beberlo me pongo mala, caigo dormida y sueño los desatinos más horripilantes: que la cabeza me crece, me crece hasta ser más grande que la iglesia de San Isidro, o que la cama en que duermo es un organillo de manubrio, y yo el cilindro lleno de piquitos que volteando hace sonar las notas... No, no me den vino, si no quieren que me vuelva loca.

¡Lo que se divertían Donoso y Torquemada con estas originalidades de la simpática joven! Deseando mostrarle un puro afecto paternal, no iba nunca don Francisco a la tertulia sin llevar alguna golosina para el ratoncito de la casa. Felizmente, en la Travesía del Fúcar, camino de la calle de San Blas, tenía su tienda de esteras y horchata un valenciano que le debía un pico a Torquemada, y este no pasaba por allí ninguna tarde sin afanarle con buenos modos un cartuchito de chufas. «Es para unos niños», solía decirle. El confitero de la calle de las Huertas, deudor insolvente, le pagaba, a falta de moneda mejor, intereses de caramelos, pedacitos de guirlache, alguna yema, melindres de Yepes, o mantecadas de Astorga, género sobrante de la última Navidad, y un poco rancio ya. Hacía de ello el tacaño paquetitos, con papeles de colores que el mismo confitero le daba, y corriéndose alguna vez a adquirir en la tienda de ultramarinos el cuarterón de pasas, o la media librita de galletas inglesas, no había noche que entrara en la tertulia con las manos vacías. Todo ello no le suponía más que una peseta y céntimos cada vez que tenía que comprarlo, y con tan poco estipendio se las daba de hombre galante y rumboso. Rebosando dulzura, con todas las confiterías del mundo metidas en su alma, presentaba el regalito a la damisela, acompañándolo de las expresiones más tiernas y mejor confitadas que podía dar de sí su tosco vocabulario. «Vamos; sorpresa tenemos. Esta no la esperaba usted... Son unas cosas de chocolate fino, que llaman *pompones*, con hoja de papel de plata fina, y más rico que mazapán.» No podía corregirse la costumbre de anunciar y ponderar lo que llevaba. Acogía Fidela la golosina con grandes extremos de agradecimiento y alegría infantil, y don Francisco se embelesaba viéndola hincar en la sabrosa pasta sus dientes, de una blancura ideal, los dientes más iguales, más preciosos y más limpios que él había visto en su condenada vida; dientes de tan superior hechura y matiz, que nunca creyó pudiese existir en la humanidad nada semejante. Pensando en ellos decía: «¿Tendrán dientes los ángeles?, ¿morderán?, ¿comerán?... Vaya usted a saber si tendrán dientes y muelas, ellos, que, según rezan los libros de religión, no necesitan comer. ¿Y a qué es *plantear esa cuestión*? Falta saber que *haiga* ángeles».

XVIII

La amistad entre Donoso y Torquemada se iba estrechando rápidamente, y a principios del verano, don Francisco no ponía mano en cosa alguna de intereses sin oír el sabio dictamen de hombre tan experto. Donoso le había ensanchado las ideas respecto al préstamo. Ya no se reducía al estrecho campo de la retención de pagas a empleados civiles y militares, ni a la hipoteca de casas en Madrid. Aprendió nuevos modos de colocar el dinero en mayor escala, y fue iniciado en operaciones lucrativas sin ningún riesgo. Próceres arruinados le confiaron su salvación, que era lo mismo que entregársele atados de pies y manos; sociedades en decadencia le cedían parte de las acciones a precio ínfimo, con tal de asegurar sus dividendos, y el Estado mismo le acogía con benignidad. Todo el mecanismo del Banco, que para él había sido un misterio, le fue revelado por Donoso, así como el manejo de Bolsa, de cuyas ventajas y peligros se hizo cargo al instante con instinto seguro. El amigo le asesoraba con absoluta lealtad, y cuando decía: «Compre usted Cubas sin miedo», don Francisco no vacilaba. Armonía inalterable reinaba entre ambos sujetos, siendo de admirar que en la intervención de Donoso en los tratos Torquemadescos resplandecía siempre el más puro desinterés. Habiéndole proporcionado dos o tres negocios de gran monta, no quiso cobrarle corretaje ni cosa que lo valiera.

Al compás de esta transformación en el orden económico, iba operándose la otra, la social, apuntada primero tímidamente en reformas de vestir, y llevada a su mayor desarrollo por medio de transiciones lentas, para que el cambiazo no saltara a la vista con crudezas de sainete. El uso del hongo atenuaba la rutilante aparición de un terno nuevo de paño color de pasa, y los resplandores de la chistera flamante se oscurecían y apagaban con un gabán de cuello algo seboso, contemporáneo de la entrada de nuestras valientes tropas en Tetuán. Tenía suficiente sagacidad para huir del ridículo, o para sortearlo con hábiles combinaciones. Aun así, la metamorfosis fue cogida al vuelo por más de un guasón de los barrios en que residían sus principales conocimientos, y no faltaron cuchufletas ni venenosas mordeduras. Sin hacer caso de ellas, don Francisco iba dando de lado a sus tradicionales relaciones, y ya no podía disimular el despego que le inspiraban sus amigos del café del Gallo, y de diversas tiendas y almacenes de la calle de Toledo, despego que para algunos era antipatía más o menos declarada, y para otros aversión. Alguien encontraba natural que don Francisco quisiera *pintarla*, poseyendo, como poseía, más que muchos que en Madrid iban desempedrando las calles en carretelas no pagadas, o que vivían de la farsa y del enredo. Y no faltó quien, viéndole con pena alejarse de la sociedad en que había ganado el primer milloncito de reales, le tildara de ingrato y vanidoso... Al fin, hacía lo que todos: después de chupar a los pobres, hasta dejarles sin sangre, levantaba el vuelo hacia las viviendas de los ricos.

Y si en los hábitos, particularmente en el vestir, la evolución se marcaba con rasgos y caracteres que podía observar todo el mundo, en el lenguaje no se diga. Ya sabía decir cada frase que temblaba el misterio, y se iba asimilando el hablar de Donoso con un gancho imitativo increíble a sus años. Verdad que a lo mejor afeaba los conceptos con groseros solecismos, o tropezaba en obstáculos de sintaxis. Pero así y todo, a quien no le conociera le daba el gran chasco, porque advertido por su sagacidad de los peligros de hablar mucho, se concretaba a lo más preciso, y el laconismo y tal cual dicharacho pescado en la boca de Donoso le hacían pasar por hombre profundo y reflexivo. Más de cuatro, que por primera vez en aquellos días se le echaron a la cara, veían en él un sujeto de mucho conocimiento y gravedad, oyéndole estas o parecidas razones: «Tengo para mí que los precios de la cebada serán un *enizma* en los meses que siguen, por *actitud expectante* de los labradores». O esta otra: «Señores, yo tengo para mí (el ejemplo de Donoso le hacía estar constantemente *teniendo para sí*) que ya hay bastante libertad, y bastante *naufragio* universal, y más derechos que queremos. Pero yo pregunto: ¿Esto basta? La nación, por ventura, ¿no come más que principios? ¡Oh, no!... Antes del principio, désele el cocido de una buena administración, y la sopa de un presupuesto nivelado... Ahí está el *quiquiriquí*... Ahí le duele... ahí... Que me administren bien, que no gotee un céntimo... que se mire por el contribuyente, y yo seré el primero en felicitarme de ello, *a fuer de* español y *a fuer de* contribuyente...». Alguien decía oyéndole hablar: «Un poco tosco es este *tío*, pero ¡qué bien discurre!». Y ¡qué ingenioso el chiste de llamar *naufragio* al sufragio! Dicho se está que lo juicioso de sus manifestaciones y su fama de hombre de *guita* le iban ganando amigos en aquella esfera en que desplegaba sus alas. *Manifestaciones* eran para él cuanto se hablaba en el mundo, y tan en gracia le cayó el término, que no dejaba de emplearlo en todo caso, así le dieran un tiro. Manifestaciones lo dicho por Cánovas en un discurso que se comentaba; manifestaciones lo dicho por la portera de la casa de la calle de San Blas, acerca de si los chicos del tercero hacían o no hacían aguas menores sobre los balcones del segundo.

Y ya que se nombra la casa de don Francisco, debe añadirse que la primera vez que entró en ella Donoso para tratar de un fuerte préstamo que solicitaban los duques de Gravelinas, se asombró de lo mal que vivía su amigo, y valido de la confianza que ya tenía con él, se permitió amonestarle en aquel tonillo paternal que tan buen resultado le daba: «No lo creería si no lo viera, amigo don Francisco... Es que me enfado; tómelo como quiera, pero me enfado, sí señor... Vamos a ver: ¿no le da vergüenza de vivir en este tugurio? ¿No comprende que hasta su crédito pierde con tener casa tan miserable? ¡Qué dirá la gente! Que es usted Alejandro en puño, un avaro de mal pelaje, como los que se estilan en las comedias. Créame: esto le hace poco favor. Tal como es el hombre, debe ser la casa. Me carga que no se tenga de una personalidad como usted el concepto que merece».

—¡Pues yo, señor don José, me acomodo tan bien aquí...! Desde que perdí a mi querido hijo, le tomé asco a los barrios del centro. Vivo aquí muy guapamente, y tengo para mí que esta casa me ha traído buena suerte... Pero no vaya a creer ¡cuidado!, que echo en saco roto sus manifestaciones. Se pensará, don José, se pensará...

—Piénselo, sí. ¿No le parece que en vez de andar buscando con un candil inquilino para el principal de su casa de la calle de Silva debe usted instalarse en él?

—¡En aquel principal tan grande... veintitrés piezas, sin contar el...! ¡Oh!, no, ¡qué locura! ¿Qué hago yo en aquel palaciote, yo solo, sin necesidades, yo, que sería capaz de vivir a gusto en un cajón de vigilante de Consumos, o en una garita de guarda-agujas?

—Siga mi consejo, señor don Francisco —añadió Donoso, cogiéndole la solapa—, y múdese al principal de la calle de Silva. Aquella es la residencia natural del hombre que me escucha. La sociedad tiene también sus derechos, a los cuales es locura querer oponer el gusto individual. Tenemos derecho a ser puercos, sórdidos, y a desayunarnos con un mendrugo de pan, cierto; pero la sociedad puede y debe imponernos un *coram vobis* decoroso. Hay que mirar por el conjunto.

—Pero don José de mi alma, mi personalidad se perderá en aquel caserón, y no sabrá cómo arreglarse para abrir y cerrar tanta puerta.

—Es que usted...

Hizo punto Donoso, como sin atreverse con la *manifestación* que preparaba; pero después de una corta perplejidad, acomodó sus caderas en el sillón no muy blando que de pedestal le servía, miró a don Francisco severamente, y accionando con el bastón, que parecía signo de autoridad, le dijo:

«Somos amigos... Tenemos fe el uno en el otro, por cierta compenetración de los caracteres...»

—¡Compenetración! —repitió Torquemada para sí, apuntando la bonita palabra en su mente— No se me olvidará.

—Supongo que usted creerá leal y sincero, inspirado en un interés de verdadero amigo, cuanto yo me permita manifestarle.

—Cierto, por la com... compenetranza... penetración...

—Pues yo sostengo, amigo don Francisco, y lo digo sin rodeos, clarito, como se le deben decir a usted las cosas... sostengo que usted debe casarse.

Aunque parezca lo contrario, no causó desmedido asombro en Torquemada la *manifestación* de su amigo; pero creyó del caso pintar en su rostro la sorpresa: «¡Casarme yo, a mis años!... ¿Pero lo dice de verdad? ¡Cristo!, casarme... Ahí es nada lo del ojo... Como si fuera beberse un vaso de agua... ¿Soy algún muchacho?».

—¡Bah!... ¿qué tiene usted, cincuenta y cinco, cincuenta y siete...? ¿Qué vale eso? Está usted hecho un mocetón, y la vida sobria y activa que ha llevado le hacen valer más que toda la juventud encanijada que anda por ahí.

—Como fuerte, ya lo soy. No siento el correr de la edad... A robustez no me gana nadie, ni a... Qué sé yo... *Tengo para mí* que no carecería de facultades; digo, me parece... Pero no es eso. Digo que a dónde voy yo ahora con una mujer colgada del brazo, ni qué tengo yo que pintar en el matrimonio, encontrándome, como me encuentro, muy a mis anchas en el *elemento* soltero.

—¡Ah!... eso dicen todos... libertad, comodidad... el buey suelto... Pero y en la vejez, ¿quién ha de cuidarle? Y esa atmósfera de santo cariño, ¿con qué se sustituye cuando llegamos a viejos?... ¡La familia, señor don Francisco! ¿Sabe usted lo que es la familia? ¿Puede una personalidad importante vivir en esta celda solitaria y fría, que parece el cuarto de una fonda? ¡Oh!, ¿no lo comprende, bendito de Dios? Cierto que usted tiene una hija; pero su hija mirará más por la familia que ella se cree que por usted. ¿De qué le valdrán sus riquezas en la espantosa soledad de un hogar sin afecciones, sin familia menuda, sin una esposa fiel y hacendosa?... Dígame, ¿de qué le sirven sus millones? Reflexione... considere que nada puedo aconsejarle yo que no sea la misma lealtad. La posición quiere casa, y la casa quiere familia. ¡Buena andaría la sociedad si todos pensaran como usted y procedieran con ese egoísmo furibundo! No, no: nos debemos a la sociedad, a la civilización, al Estado. Crea usted que no se puede pertenecer a las clases directoras sin tener hijos que educar, ciudadanos útiles que ofrecer a esa misma colectividad que nos lleva en sus filas, porque los hijos son la moneda con que se paga a la nación los beneficios que de ella recibimos...

—Pero venga acá, don José, venga acá —dijo Torquemada, echándose atrás el sombrero, y tomando muy en serio la cosa—. Vamos a cuentas. *Partiendo del principio* de que a mí me dé ahora el naipe por contraer matrimonio, queda en pie la cuestión, la madre del cordero... ¿Con quién...?

—¡Ah!... eso no es cuenta mía. Yo planteo la cuestión: no soy casamentero. ¿Con quién? Busque usted...

—Pero don José, venga acá. ¡A mis años...! ¿Qué mujer me va a querer a mí, con esta facha?... digo, mi facha no es tan mala ¡cuidado! Otras hay peores.

—Digo... si las hay peores.

—Con cincuenta y seis años que cumpliré el 21 de Septiembre, día de San Mateo... Cierto que no faltaría quien me quisiera por mi *guano*... digo, por mi capital; pero eso no me llena, ni puede llenar a ningún hombre de juicio.

—¡Oh!, naturalmente. Bien sé yo que si usted anunciara su blanca mano se presentarían cien mil candidatas. Pero no se trata de eso. Usted, si acepta mis indicaciones contrarias de todo en todo al celibato, busque, indague, coja la linterna y mire por ahí. ¡Ah, ya sabrá, ya sabrá escoger lo mejorcito! A buena parte van. Mi hombre sabe ver claro, y posee una sagacidad que da quince y raya al lucero del alba. No, no temo yo que pueda resultar una mala elección. ¿Existe la persona que emparejará dignamente con don Francisco? Pues si existe, contemos con que don Francisco la encuentra, aunque se esconda cien estados bajo tierra.

—¡Vaya, que a mis años...! —repitió el usurero con ligera inflexión de lástima de sí mismo.

—No tergiverse la cuestión ni se escape por la tangente de su edad... ¡Su edad! Si es la mejor. Como usted, en caso de volver a la cofradía, no habría de descolgarse con una mocosa, frívola y llena la cabeza de tonterías, sino con una mujer sentada...

—¿Sentada?

—Y de una educación intachable...

—¡Pero qué cosas tiene don José!... Salir ahora con la peripecia de que debo casarme... ¡Y todo por la... *colectividad*! —dijo Torquemada rompiendo a reír como un muchacho, ávido de bromas.

—No —replicó Donoso, levantándose despacio, como quien acaba de cumplir un alto deber social—, no hago más que señalar una solución conveniente; no hago más que decir al amigo lo que entiendo razonable, y eminentemente práctico.

Salieron juntos, y aquel día no hablaron más de casorio. Pero antes de que concluyera la semana, don Francisco se mudó a su amplísimo principal de la calle de Silva.

XIV

Había él oído mil veces el *casado casa quiere*; pero nunca oyó que por el simple hecho de tener casa debiera un cristiano casarse. En fin, cuando Donoso lo decía, su poco de razón habría seguramente en ello. Las noches que siguieron a aquella memorable conversación, estuvo el hombre receloso y asustado en la tertulia de las señoras del Águila. Temía que don José saliese allí con la tecla del casorio, y francamente, si llegaba a sacarla, de fijo el aludido se pondría como un pimiento. De solo pensarlo, le subían vapores a la cara. ¿Por qué le daba vergüenza de oírse interrogar sobre nuevas nupcias delante de Crucita y Fidelita? ¿Acaso le había pasado por las mientes ahorcarse con alguna de ellas? Oh, no, eran demasiado finas para que él pretendiese tal cosa, y aunque su pobreza las bajaba enormemente en la escala social, conservaban siempre el aquel aristocrático, barrera perfumada que no podía salvar con todo su dinero un hombre viejo, groserote y sin principios. No, nunca soñó tal alianza. Si alguien se la hubiera propuesto, el hombre habría creído que se reían en sus barbas.

Una noche, a Cruz le habló de Valentinico, y las dos hermanas mostraron tal interés en saber pormenores de la vida y muerte del prodigioso niño, que Torquemada no paró de hablar hasta muy alta la noche, contando la triste historia con sinceridad y sin estudio, en su lenguaje propio, olvidado de los terminachos que se le caían de la boca a Donoso, y que él recogía. Habló con el corazón, narrando las alegrías de padre, las amarguras de la enfermedad que le arrebató su esperanza, y con calor y naturalidad tan elocuentes se expresó el hombre, que las dos damas lloraron, sí, lloraron, y Fidela más que su hermana; como que no hacía más que sonarse y empapar el pañuelo en los ojos. Rafael también oyó con recogimiento lo que contaba don Francisco; pero no lloraba, sin duda por no ser propio de hombres, ni aun ciegos, llorar. El sí que echaba unos lagrimones del tamaño de garbanzos, como siempre que alguien refrescaba en su espíritu la fúnebre historia.

Y para que se vea cómo se enlazan los hechos humanos, y cómo se va tejiendo esta trenza del vivir, aquella noche, paseándose en su cuarto delante del altarito con las velas encendidas, no podía pensar más que en las dos damas gimoteando por la memoria del pobre Valentinico, y en la circunstancia notoria de que Fidela había llorado más que Cruz, pero más. Bien lo sabía ya el chiquillo, sin que su padre se lo dijera. Acostose don Francisco ya muy tarde, cansado de dar vueltas y de hacer garatusas delante del bargueño, cuando en medio de un letargo oyó claramente la voz del niño: «¡Papá, papá!...».

—¿Qué, hijo mío? —dijo levantándose de un salto, pues casi siempre dormía medio vestido, envuelto en una manta.

Valentín le habló en aquel lenguaje peculiar suyo, solo de su padre entendido, lenguaje que era rapidísima transmisión de ojos a ojos.

«Papá, yo quiero resucitar.»

—¿Qué, hijo mío? —repitió el tacaño sin entender bien, restregándose los ojos.

—Que quiero resucitar, vamos, que me da la gana de vivir otra vez.

—¡Resucitar... vivir otra vez... volver al mundo!

—Sí, sí. Ya veo lo contento que te pones. Yo también, porque, lo que te digo, aquí se aburre uno.

—¡Según eso, te tendré otra vez conmigo, pedazo de gloria! —exclamó Torquemada, sentándose, o más bien cayéndose sobre una silla, cual si estuviera borracho perdido.

—Volveré a ese mundo.

—Resucitando, como quien dice, al modo de Jesucristo; saliéndote tan guapamente de la sepulturita perpetua que... me costó diez mil reales.

—Hombre, no, eso no podría. ¿Tú qué estás pensando? Salir así... ¿cómo dices?, ¿grande y con el cuerpo de cuando me morí?... Quítate. Así no me dejan...

Pues así, así debe ser. ¿Quién se opone? ¿El Grandísimo Todo? Ya, ya veo la tirria que me tiene por si digo o no digo de él lo que me da la gana, iñales! Pero conmigo que no juegue...

—Cállate... El Señor Grandísimo es bueno y me quiere. Como que me deja hacer en todo mi santísima voluntad, y ahora me ha dicho que me salga de este elemento, que me vaya contigo para convertirte y quitarte de la cabeza tus herejías endemoniadas.

—¿Y vienes a este elemento? —murmuró Torquemada, hecho un ovillo, la cabeza entre las piernas.

—Al elemento de la Humanidad bonita. Pero me da risa lo que tú piensas, padre. iCreer que salgo de la fosa con mi cuerpo de antes! ¿Estamos en los tiempos de la Biblia? No y no. Entérate bien: para ir allá tengo que volver a nacer.

—¿Volver a nacer?

—Verbigracia, nacer chiquitín, como se nace siempre, como la otra vez que nací, que no fue la primera, digo que no fue la primera iñales!

—Entonces, hijo mío... me vestiré... ¿qué hora es? Iré a avisar al comadrón, don Francisco de Quevedo, calle del Ave María.

—Todavía no... ¿Qué prisa hay? Pues apenas falta tiempo para eso. Tú estás tonto, padre.

—Sí que lo estoy. No sé lo que me pasa. Ya me parece que despunta el día. Las velas alumbran poco, y no te veo bien la cara.

—Es que me borro, yo no sé qué tengo que me borro. Me voy volviendo chiquitín...

—Espérate... ¿Y tu mamá, dónde está? (Al decir esto, Torquemada, tendido cuan largo era en medio de la estancia, parecía un muerto.) Se me figura que la he sentido gritar... Lo que dije: empiezan los dolores; hay que avisar.

—No avises, no. Estoy tan chiquitín que no me encuentro. No tengo más que el alma, y abulto menos que un grano de arroz.

—Ya no veo nada. Todo tinieblas. ¿Dónde estás? (En esto se arrastraba a gatas por el cuarto.) Tu mamá no parece. La traía yo en el bolsillo, y se me ha escapado. Puede que esté dentro de la caja de fósforos... iAh, pícaro!, la tienes tú ahí, la escondes en el bolsillo de tu chaleco.

—No, tú la tienes. Yo no la he visto. El Grandísimo Todo me dijo que era fea...

—Eso no.

—Y vieja.

—Tampoco.

—Y que no sabía cómo se llamaba, ni le hacía falta averiguarlo.

—Yo sí lo sé; pero no te lo digo.

—Tiempo tengo de saberlo.

—*Partiendo del principio* de que sea quien tú crees...

—No se dice así, papá. Se dice: en el *mero hecho* de que sea...

—Justo: en el *mero hecho*: se me había olvidado el término... Pues si es, que sea, y si no es, que no sea... Será otra.

Púsose en cuclillas con gran dificultad, y sobándose los ojos miraba con estupefacción el altarito, diciendo: «¡Qué cosas me pasan!». Valentinico no replicaba.

«Pero ¿es verdad que...? —le preguntó don Francisco, que se había quedado solo—. Tengo frío. Me salí de la cama sin echarme el chaquetón, y no tendrá maldita gracia que coja una pulmonía. Lo que haría yo ahora es tomar algo, *por ejemplo*, migas o unas patatas fritas. Pero a estas horas, ¿cómo le *planteo* yo a Rumalda *la cuestión* de que me haga el almuerzo?... Juraría que mi hijo quiere nacer y que me lo ha dicho... Pero yo, triste de mí, ¿cómo lo *nazgo*?... Me volveré a la cama, y dormiré un poco si puedo. Todo ello será una suposición, un *mero hecho*. Le contaré a Donoso lo que me pasa, y resuelva él mismamente esta... *hipoteca*, digo, *hipótesis*, que es como decir lo que se supone. Para que mi hijo nazca, se necesita en primer término una madre, no, en primer término un padre. Don José quiere que yo sea padre de familia, como quien dice, señor de muchas circunstancias. Ya le veo las cartas al señor de Donoso, que me estima, sí, me estima... Pero no puede ser. Dispense usted, amigo mío; pero no hay forma humana de que se realice ese... ¿cómo se dice?, ¡ah!, sí... *desideratum*. Yo le agradezca a usted mucho el *desideratum*, y estoy muy envanecido de saber que... muy satisfecho, y a la verdad, también tengo yo unas miajas de *desideratum*... pero hay una barrera... eso de las clases. Pronto se dice que no hay clases; pero al decirlo, las dichosas clases saltan a la vista, y le dejan a uno corrido... Dispénseme, don José, dispénseme: pídame usted lo que quiera, la Biblia en pasta; pero no me pida eso. La idea de que me digan: "¡So!, vete de ahí, populacho, que apestas", me subleva y me pone a morir. Y no es que yo huela mal. Bien ve usted que me lavo y me aseo. Y hasta el aliento, que según me decía doña Lupe tiraba un poco para atrás... se me ha corregido con la limpieza de la boca..., y desde que me quité la perilla que parecía un rabo de conejo, tengo mejor ver. Dice Rumalda que me parezco algo a O'Donnell cuando volvía del África... En fin, que por lo físico no hay caso. Tengo para mí que *en igualdad de circunstancias*, sería yo el preferido; es decir, si yo fuera más fino y de nacimiento y educación más *compatibles*... Pero no, no soy *compatible*, no caso, no ajusto... Mi corteza es muy dura, áspera y picona como lija... No puede ser, no puede ser.»

Pasado algún tiempo, se agitó en la cama, diciéndose con sobresalto: «¿Apostamos a que he roncado? Sí, ronqué... Me oí soltar un piporrazo como los de los funerales... Esto sí que es gordo... Y yo pregunto: El señor Donoso, que es hombre tan fino, ¿roncará? Y aquellas delicadísimas señoras... ¡por vida del Todísimo!, ¿roncarán?».

XV

A causa de la mala noche, estuvo destemplado y ojeroso toda la mañana siguiente; y por la tarde se le vio hecho un azacán, persiguiendo gangas de almoneda, para amueblar con decencia dentro de la economía, su nueva casa. No compró cama de matrimonio porque ya la tenía, y de palosanto, adquirida por doña Silvia en un precio bajísimo. Y como Ruiz Donoso se tomaba la confianza de asesorarle en aquellos arduos asuntos, aun antes que don Francisco le pidiera su leal parecer sobre ellos, resultó que fueron comprados multitud de objetos pertinentes al uso de señoras distinguidas, algunos tan extraños, que no sabía Torquemada para qué demonios servían. Como adquirido en liquidaciones diferentes, por embargo, quiebra o defunción, el mueblaje era de lo más heterogéneo que imaginarse puede. Pero la casa iba resultando elegante, de rico y señoril aspecto. Imposible que dejase de hablarse de ella en la tertulia de las del Águila: Cruz pedía informes, se hacía explicar y describir todos los trastos, expresando opiniones discretísimas sobre la necesaria armonía entre la comodidad y la elegancia.

Una de aquellas tardes (debió de ser pocos días después de la mudanza) fueron de paseo Torquemada y su modelo, charlando de negocios. A la vuelta del Retiro por el Observatorio, saltó la conversación a lo del pleito, y don José, parándose en firme, expresó una opinión optimista acerca de él; mas luego venían los peros, una cáfila de inconvenientes que quitaban todo su efecto a la primera afirmación. Había que gastar mucho, y como las señoras carecían de posibles, quizás... *y sin quizás*, tendrían que abandonar su derecho por falta de medios para demostrarlo. ¡Qué pena! ¡Una cosa tan clara! Él había agotado en obsequio de sus buenas amigas toda su actividad, todas sus relaciones, y por fin, su corto peculio. Y no le pesaba, no. ¡Eran tan dignas ellas de que todo el mundo se sacrificara por servirlas, y sacarlas de su horrorosa situación! Pero esta ¡ay!, empeoraba, hasta el punto de que las señoras y su infeliz hermano tendrían pronto que pedir plaza en un asilo de mendicidad: ya no poseían renta alguna, pues lo último que restaba de una lámina intransferible, bocado a bocado se lo habían ido comiendo; ya no tenían nada que vender ni que empeñar. —Por mi parte —añadió descorazonado y casi a punto de romper en llanto—, he hecho cuanto humanamente podía. Los gastos del pleito absorben los tres cuartos de mi paga, y héteme aquí imposibilitado de ir más adelante, señor don Francisco. Habrá que abandonar a los pobres náufragos, pues ni agarrándolos por los cabellos se les puede sacar a flote. Me voy temiendo que Dios se ha empeñado en ahogar a esa digna familia, y que todos nuestros esfuerzos por salvarla son inútiles. Dios lo quiere, y como dueño absoluto de vidas y haciendas, lo hará.

—Pues no lo hará —dijo Torquemada bravamente, soltando un terno, y reforzándolo con fuerte patada.

—¿Y qué podemos nosotros contra los designios...?

—¡Qué *desinios* ni qué...!(aquí una palabra que no se puede copiar.) Las señoras ganarán el pleito.

—¡Oh!, sí... Pero... garantíceme usted que llegaremos a la sentencia. Yo confío en la rectitud del Consejo de Estado; pero de aquí a que el pleno falle hay una tiradita de tiempo y de gastos, en la cual nos veremos obligados a abandonar el asunto.

—No se abandonará.

—¿Usted...?

—Yo, yo. *Héteme aquí* diciendo: adelante con los faroles y con el litigio. Pues no faltaba más.

—Eso varía... Concretemos: usted...

—Yo, sí señor; yo, Francisco Torquemada, ordeno y mando que se pleitee. ¿Qué hace falta? ¿Un abogado de los gordos? Pues a él. ¿Qué más? ¿Levantar un monte de papel sellado? ¡Pues hala con él!... Nada de abandono. O hay corazón o no hay corazón. ¿Está claro el derecho? Pues saquémoslo por encima de la cabeza del mismísimo Cristo.

—Bueno... Me parece muy bien —dijo Donoso agarrando a su amigo por el brazo, pues en el calor de la improvisación, a punto estuvo de que le cogiera un carruaje de los que en tropel bajaban del Retiro.

Emprendieron la caminata por el paseo de Atocha, hacia el Prado, a la hora en que los faroleros encendían el gas, y en que los paseantes a pie y en coche regresaban en bandadas en busca de la sopa. Allá por el Museo vieron un hormigueo de luces en el Prado, y les dio en la nariz tufo de aceite frito. Era la verbena de San Juan. Ya comenzaba el bullicio, y por evitarlo, subieron los dos respetables amigos por la Carrera, charlando sobre lo mismo, parándose a ratos, para poder expresar con cierto reposo las graves cosas que les salían del cuerpo. «Conformes, señor don Francisco —dijo Donoso allá frente a los leones del Congreso—. Permítame que le felicite por su delicadeza, virtud de la cual veo en usted uno de los ejemplos más raros. He dicho delicadeza, y añado abnegación, porque abnegación grande se necesita para hacer frente a tales dispendios, sin... vamos, obtener ninguna ventaja... Si usted me lo permite, le diré que me parece mal, pero muy mal. (Torquemada no chistaba)... Digo que no me parece bien, y que usted, modesto en demasía, no se aprecia en lo que vale. Le basta con la gratitud de las señoras, y francamente, no veo paridad entre la recompensa y el servicio. Y no es que sea yo muy positivista... es que me duele verle a usted achicarse tanto...»

Como don Francisco no rezongaba, clavados sus ojos en el suelo, cual si tomara nota de las rayas de las baldosas, arrancose el otro a mayores claridades, y allá por la esquina de Cedaceros, parose otra vez en firme, y con gallardía rasgó el velo de esta forma:

«¡Ea!, basta de jugar a la gallina ciega con nuestras intenciones, señor don Francisco. ¿Para qué hacemos misterio de lo que debe ser claro como la luz? Yo le adivino a usted los sentimientos. ¿Quiere que le describa el estado de su ánimo?»

—¿A ver...?

—Pues desde que tuve la honra de hablarle de un delicado asunto... vamos, de la conveniencia de tomar estado, la idea ha ido labrando en usted... ¿Es o no cierto que desde entonces no cesa usted de pensar en ello noche y día...?

—Es certísimo.

—Usted piensa en ello; pero su descomunal modestia le impide tomar una resolución. Se cree indigno, ¡oh!, siendo, por el contrario, digno de las mayores felicidades. Y ahora, cuando planteamos la cuestión de sacar adelante el pleito famoso, ahora, cuando usted se dispone a prestar a esa familia un servicio impagable, su delicadeza viene a remachar el clavo, porque si antes se sentía usted cohibido como diez, ahora lo está como doscientos mil, y no cesa de atormentarse con este argumento, que es un verdadero sofisma: «Yo, que me creo indigno de aspirar a la mano, *etcétera*... ahora que, por venir las cosas rodadas, les presto este servicio *etcétera*, menos puedo pensar en casorio, porque creerían ellas y el mundo *etcétera*, que vendo el favor, o que compro la mano *etcétera*...». ¿Es esto, sí o no, lo que piensa el amigo Torquemada?

—Eso mismísimo.

—Pues me parece una tontería mayúscula, señor don Francisco de mi alma, que usted sacrifique sentimientos nobilísimos ante el ídolo de una delicadeza mal entendida.

Dijo esto con tanta gallardía, que a Torquemada le faltó poco para que la emoción le hiciera derramar lágrimas.

«Es que... diré a usted... yo... como soy así... no me ha gustado nunca ser *mayúsculo*, vamos al decir, picar más alto de lo que debo. Cierto que soy rico; pero...»

—¿Pero qué?

—Nada, no digo nada. Dígaselo usted todo...

—Ya sé lo que usted teme: la diferencia de clases, de educación, los timbres nobiliarios... todo eso es música en los tiempos que corren. ¿Se le ha pasado por las mientes que sería rechazado?...

—Sí señor... Y este cura, aunque de cepa humilde, y no muy fuerte en finuras de sociedad, porque no ha tenido tiempo de aprenderlas, no quiere que nadie le desprecie, ¡cuidado!

—Y la pobreza de ellas le cohíbe más, y dice usted: «no vayan a creer que porque son pobres, les hago la forzosa...».

—Justo... Parece que anda usted por dentro de mí con un farolillo, registrando todas las incumbencias y *sofismas* que me andan por los rincones del alma.

Aproximábanse a la Puerta del Sol, donde habían de separarse, porque Donoso vivía hacia Santa Cruz, y el camino de Torquemada era la calle de Preciados. Fue preciso abreviar la conferencia, porque a entrambos les picaba la necesidad, y en su imaginación veían el santo garbanzo.

«No hay para qué decir —indicó Donoso—, que he hablado por cuenta propia antes y ahora, y que jamás, jamás, puede creerlo, hemos tocado esta cuestión las señoras y yo... Debo recordar, además, que la pobre doña Lupe, que en gloria esté, abrigaba este proyecto...»

—Sí que lo abrigaba —replicó don Francisco, encantado de la frase ¡abrigar un proyecto!

—Algo me dijo a mí.

—Y a mí. Como que me volvió loco el día de su defunción.

—En ella debió de ser manía, y me consta que indicó a las señoras...

—Las cuales no me conocían entonces.

—Justo; ni yo tampoco. Ahora, nos conocemos todos, y yo, amigo don Francisco, me voy a permitir...

—¿Qué cosa?

—Me voy a permitir proponer a usted que ponga el asunto en mis manos. ¿Cree que seré buen diplomático?

—El mejor que ha echado Dios al mundo.

—¿Cree que sabré dejar a salvo la dignidad de todos en caso de aceptación, y en caso de repulsa?

—Pues ¿qué duda tiene?

—Ea... No hay más que hablar por ahora. Adiós, que es tarde.

Se despidió con un fuerte apretón de manos, y no había andado seis pasos, cuando don Francisco, que perplejo quedó en la esquina de Gobernación, sintiose asaltado de una duda punzante... Quiso llamar a su amigo; pero este se había perdido ya entre la muchedumbre. El tacaño se llevó las manos a la cabeza, formulando esta pregunta: «Pero... ¿con cuál?». Porque Donoso hablaba siempre en plural: *las señoras*. ¿Acaso pretendía casarle con las dos? ¡Demonio, la duda era para volver loco a cualquiera! Lanzándose intrépido en el torbellino de la Puerta del Sol, y haciendo quiebros y pases para librarse de los tranvías y evitar choques con los transeúntes, interrogaba mentalmente la esfinge de su destino: «Pero ¿con cuál, iñales!, con cuál...».

XVI

Le faltó ánimo aquella noche para acudir a la tertulia; porque si a don José le tentaba el demonio y *planteaba la cuestión allí*, cara a cara, ¿debajo de qué silla o de qué mesa se metería él? Y no se achicaba, no: después de lo hablado con Donoso, tan hombre era él como otro cualquiera. ¿Pues qué, el dinero, la posición, no suponen nada? ¿No se compensaba una cosa con otra, es decir, la democracia del origen con la aristocracia de las talegas? ¿Pues no habíamos convenido en que los santos cuartos son también aristocracia? ¿Y acaso acaso las señoritas del Águila venían en línea recta de algún Archipámpano, o del Rey de Babilonia? Pues si venían que vinieran. El cuento era que a la hora presente no tenían sobre qué caerse muertas, y su propiedad era... lo que las personas bien habladas llaman *un mito*..., un pleito que se ganaría allá para la venida de los higos chumbos. ¡Ea, nada de repulgos ni de hacerse el chiquitín! Bien podían las tales darse con un canto en los pechos, que brevas como él no caían todas las semanas. ¿Pues a qué más podían aspirar? ¿Había de venir el hijo mayor del Emperador de la China a pedir por esposa a Crucita, ya llena de canas, o a Fidelita, con los dientes afilados de tanta cáscara de patata como roía? ¡Ay, ya iba él comprendiendo que valía más de lo que pesaba! ¡Fuera modestia, fuera encogimientos, que tenían por causa el no dominar la palabra y el temor de decir un disparate que hiciera reír a la gente! No se reirán, no, que gracias a su aplicación, ya había cogido sin fin de términos, y los usaba con propiedad y soltura. Sabía encomiar las cosas diciendo muy a Cuento: *excede a toda ponderación*. Sabía decir: *si yo fuera al Parlamento, nadie me ganaría en poner los puntos sobre las íes*. Y aunque no supiera, ¡ñales!, su pesquis para los negocios, su habilidad maravillosa para sacar dinero de un canto rodado, su economía, su formalidad, su pureza de costumbres, ¿no valían nada? A ver, que le sacaran a relucir algún vicio. Él ni bebida, él ni mujeres, él ni juego, él ni tan siquiera el inofensivo placer del tabaco. Pues entonces... ¿por qué le habían de rechazar? Al contrario, verían el cielo abierto, y creerían que el Santísimo y toda su corte se les entraba por las puertas de la casa. Razonando de este modo se tranquilizó, llenándose de engreimiento y de confianza en sí mismo. Pero luego volvía la terrible duda: «¿Con cuál, Señor, con cuál?».

En un tris estuvo, por la mañana, que escribiera una esquelita a don José Donoso rogándole que le sacara de aquella enfadosa incertidumbre. Pero no lo hizo. ¿Para qué, si pronto había de despejarse la incógnita? Al fin, como las señoras mandaran recado a su casa preguntando por su salud (con motivo de haber hecho rabona en la tertulia de la noche precedente), no tuvo el hombre más remedio que ir. Casi casi lo deseaba. ¡Qué miedo ni qué ocho cuartos! Cada uno es cada uno. Si le rechazaban, ellas se lo perdían. Por mucho que se les subiera a la cabeza el humillo de la vanidad, no dejarían de comprender que de hombres como él entran pocos en libra... ¡Y a fe que estaban los tiempos para reparillos y melindres!... *Sin ir más lejos*, véase a la Monarquía transigiendo con la democracia, y echando juntos un piscolabis en el bodegón de la política representativa. ¿Y este ejemplo no valía? Pues allá iba otro. La aristocracia, árbol viejo y sin savia, no podía ya vivir si no lo *abonaba* (en el sentido de *estercolar*) el pueblo enriquecido. ¡Y que no había hecho flojos milagros el sudor del pueblo en aquel tercio de siglo! ¿No andaban por Madrid arrastrados en carretelas muchos a quienes él y todo el mundo conocieron vendiendo alubias y bacalao, o prestando a rédito? ¿No eran ya senadores vitalicios y consejeros del Banco muchos que allá en su niñez andaban con los codos rotos, o que pasaron hambres para juntar para unas alpargatas? Pues bien: a ese *elemento* pertenecía él, y era un nuevo ejemplo del *sudor de pueblo fecundando*... No sabía concluir la frase.

Esto pensaba al subir la escalera de la casa de sus amigas, casi casi podía decir de sus mujeres, pues no pudiendo discernir en su agitada mente cuál de las dos le tocaría, se le representaba el matrimonio dando una mano a cada una. Abriole Cruz, que le llevó a la sala, como si quisiera hablarle a solas. «Esto de enchiquerarme en la sala —pensó Torquemada—, me huele a *manifestaciones*. Ya tenemos la pelota en el tejado.»

En efecto, Cruz, que había llevado a la salita la lámpara que de ordinario alumbraba la tertulia del gabinete, le acorraló allí para *manifestarle* con fría urbanidad que el señor Donoso *les* (¡siempre en plural!) había hablado de un asunto, cuya importancia ni a ellos ni al señor de Torquemada se podía ocultar. Inútil decir que las señoras se sentían honradísimas con la... indicación... No era aún más que indicación; pero luego vendría la proposición. Honradísimas, naturalmente. Agradecían con toda su alma el nobilísimo rasgo... (*rasgo* nada menos) de su noble amigo, y estimaban sus nobles sentimientos (tanta nobleza empalagaba ya) en lo mucho que valían. Mas no era fácil dar respuesta categórica hasta que no pasara algún tiempo, pues cosa tan grave debía mirarse mucho y pesarse... Así convenía a la dignidad de todos. Contestó don Francisco en frases entrecortadas y rápidas, sin decir nada en sustancia, sino que él *abrigaba la convicción de*... y que él había hecho aquellas *manifestaciones* al señor de Donoso movido de la lástima... no, movido de un sentimiento nobilísimo (ya todos éramos nobilísimos)... que su deseo de ser grato a las señoras del Águila *excedía a toda ponderación*... que se tomaran todo el tiempo que quisieran para pensarlo, pues así le gustaban a él las cosas, bien pensaditas y bien mediditas... que él era muy sentado, y *evacuaba* siempre despacito y con toda mesura los asuntos de responsabilidad.

Breve fue la conferencia. Dejole solito un instante la señora, y él se paseó agitadísimo por la angosta sala, otra vez atormentado por aquella duda que ya se iba volviendo del género cómico, de un cómico verdaderamente sainetesco. Fue a dar ante el espejo, y al ver su imagen no pudo menos de increparse con saña: «¡Pero hombre, si serás burro que todavía no sabes con cuál ha de ser...! Pedazo de congrio, pregúntalo, pregúntalo, que es ridículo ignorarlo a estas alturas... aunque también preguntarlo es gran mamarrachada, iñales!».

La entrada del señor de Donoso puso fin a estas *manifestaciones* internas, y no tardaron los cinco personajes en hallarse reunidos en el próximo gabinete, las señoras próximas a la luz, don Francisco, junto al ciego, y Donoso allá en la marquesina del ángulo, apartado como en señal de veneración, para que sus palabras, teniendo que recorrer un espacio relativamente largo, resonaran con mayor solemnidad. Perdido ya el miedo, Torquemada, si le pinchan, arroja en medio de la noble sociedad su pregunta explosiva: «Con que a ver, sepamos, señoras mías, con cuál de ustedes me voy a casar yo». Pero no hubo nada de esto, porque ni alusiones remotísimas se hicieron al peliagudo caso, y por más atención que puso, no pudo descubrir el avaro ninguna novedad en el rostro de las dos damas, ni síntoma alguno de emoción. ¡Cosa más rara! Porque lo natural era que estuviese *emocionada* la que... la que *fuese*. En Cruz, únicamente podía observarse un poco de animación; en Fidela, quizás, quizás un poco más de palidez. Amables como siempre las dos señoritas, no le dijeron al pretendiente nada que él no supiera, de lo que dedujo que no les importaba un comino el casorio, o que disimulaban la procesión que les andaba por dentro. Lo que sí pudo notar don Francisco fue que a Rafael no hubo medio de sacarle del cuerpo una palabra en toda la velada. ¿Cuál sería el motivo de que estuviese el bendito joven tan tétrico y metido en sí? ¿Tendría relación aquella... ¿cómo se decía?... iah!, *actitud*... aquella actitud con el proyectado casorio? Puede que no, porque probablemente nada le habrían dicho sus hermanas.

Cruz siempre afable, guardando la distancia, señora neta y de calidad superior; Fidela más corriente, tendiendo a la familiaridad festiva, con leves atrevimientos, y mayor flexibilidad que su hermana en la conversación. Tales fueron aquella noche, como la anterior, como siempre; mas por lo tocante al *materialismo* de aquel proyecto que alborotaba el espíritu y los nervios de Torquemada, fueron un par de jeroglíficos a cuál más enigmático e indescifrable. Ya le iba cargando a don Francisco tanto repulgo, tanto fruncido de labios, marcando la indiferencia, y tanto escoger y recalcar las palabras más sosas y que no tenían carne ni pescado. Deseaba que terminase la tertulia para salir de estampía y desahogarse con don José... iAh, gracias a Dios que se acababa al fin! «Buenas noches... Conservarse...» En la escalera no quiso decir nada, porque las señoras, que salían de faroleras, podían oír. Pero en cuanto llegaron a la calle, cuadrose el hombre, y allí fue el estallar de su cólera con la grosería que informaba su ser efectivo, anterior y superior a los postizos de su artificiosa metamorfosis.

«¿Me quiere usted decir qué comedia de puñales es esta?»

—Pero ¡Don Francisco...!

—Si se han enterado, ¡me caigo en la mar!, ¿por qué tanta tiesura? ¡Vaya, que ni tan siquiera darle a entender a uno que les retoza un poco de alegría por el cuerpo...!

—Pero ¡Don Francisco...!

—Y sobre todo, y esto es lo que más me revienta... dígame, dígamelo pronto... ¿Con cuál de las dos me caso?... El demonio me lleve si lo entiendo... ¡Puñales, y la Biblia en pasta!

—Moderación, mi querido don Francisco. Y parta del principio de que yo no intervengo si...

—Yo no parto de más principio ni de más postre, ¡cuerno!, sino del saber ahora mismo...

—¿Con cuál...?

—¡Sí, con *cuála*! Sépalo yo con cien mil gruesas de demonios y con la Biblia en pasta...

—Pues... no lo sé yo tampoco todavía. Estamos en lo más delicado de las negociaciones, y si no me confirma sus poderes plenos, aguardando con moderación y calma lo que resulte, me desentiendo y nombre usted a otro... legado pontificio *(echándose por lo festivo)* o trate usted directamente con la potencia.

—¡Mecachis con la potencia! Yo creía... vamos... parecía natural *(calmándose)* que lo primero fuera saber cuál es la rama en que a uno le cuelgan... De modo que...

—Nada puedo decir aún sobre ese particular, cuya importancia soy el primero en reconocer.

—Apañado estoy... Ya debe comprender que tengo razón... *hasta cierto punto*, y que otro cualquiera, *en igualdad de circunstancias...*

Al ver que se ponía otra vez la máscara de finura, Donoso le tuvo por vencido, y le encadenó más, diciéndole:

«Repito que si mis gestiones no le acomodan, ahí va mi dimisión de ministro plenipotenciario...»

—Oh, no, no... No la admito, no debo admitirla... ¡cuidado! Es más, suplico a usted que la retire...

—Queda retirada. *(Palmetazo en el hombro.)*

—Dispénseme, si se me fue un poco la burra...

—Dispensado, y tan amigos como antes.

Separáronse en la Red de San Luis, y Torquemada se fue rezongando: aún repercutían en su interior los ecos de la tempestad, mal sofocada por la fascinación que don José Donoso ejercía sobre él.

Segunda parte

I

Levantábase Cruz del Águila al amanecer de Dios, y comúnmente se despertaba un par de horas antes de dejar el lecho, quedándose en una especie de éxtasis económico, discurriendo sobre las dificultades del día, y sobre la manera de vencerlas o sortearlas. Contaba una y otra vez sus escasos recursos, persiguiendo el problema insoluble de hacer de dos tres y de cuatro cinco, y a fuerza de revolver en su caldeado cerebro las fórmulas económicas, lograba dar realidad a lo inverosímil, y hacer posible lo imposible. Con estos cálculos entremezclaba rezos modulados maquinalmente, y las sílabas de oraciones se refundían en sílabas de cuentas... Su mente volvíase de cara a la Virgen, y se encontraba con el tendero. Por fin, la voluntad poderosa ponía término al balance previo del día, todo fatigas, cálculos y súplicas a la divinidad, porque era forzoso descender al campo de batalla, a la lucha con el destino en el terreno práctico, erizado de rocas, y cortado por insondables abismos.

Y no solo era general en jefe en aquella descomunal guerra, sino el primero y el más bravo de los soldados. Empezaba el día, y con el día el combate; y así habían transcurrido años, sin que desmayara aquella firme voluntad. Midiendo el plazo, larguísimo ya, de su atroz sufrimiento, se maravillaba la ilustre señora de su indomable valor, y concluía por afirmar la infinita resistencia del alma humana para el padecer. El cuerpo sucumbe pronto al dolor físico, el alma intrépida no se da por vencida, y aguanta el mal en presiones increíbles.

Era Cruz el jefe de la familia con autoridad irrecusable; suya la mayor gloria de aquella campaña heroica, cuyos laureles cosechara en otra vida de reparación y justicia; suya también la responsabilidad de un desastre, si la familia sucumbía, devorada por la miseria. Obedecíanla ciegamente sus hermanos, y la veneraban, viendo en ella un ser superior, algo como el Moisés que les llevaba al través del desierto, entre mil horrendas privaciones y amarguras, con la esperanza de pisar al fin un suelo fértil y hospitalario. Lo que Cruz determinaba, fuese lo que fuese, era como artículo de fe para los dos hermanos. Esta sumisión facilitaba el trabajo de la primogénita, que en los momentos de peligro, maniobraba libremente, sin cuidarse de la opinión inferior, pues si ella hubiera dicho un día: «no puedo más; arrojémonos los tres abrazaditos por la ventana», se habrían arrojado sin vacilar.

El uso de sus facultades en empeños tan difíciles, repetidos un día y otro, escuela fue del natural ingenio de Cruz del Águila, y este se le fue sutilizando y afinando en términos, que todos los grandes talentos que han ilustrado a la humanidad en el gobierno de las naciones, eran niños de teta comparados con ella. Porque aquello era gobernar, lo demás es música: era hacer milagros, porque milagro es vivir sin recursos; milagro mayor cubrir decorosamente todas las apariencias, cuando en realidad, bajo aquella costra de pobreza digna, se extendía la llaga de una indigencia lacerante, horrible, desesperada. Por todo lo cual, si en este mundo se dieran diplomas de heroísmo, y se repartieran con justicia títulos de eminencia en el gobernar, el primer título de gran ministra y el diploma de heroína, debían ser para aquella hormiga sublime.

Cuando se hundió la casa del Águila, los restos del naufragio permitieron una vida tolerable por espacio de dos años. La repentina orfandad puso a Cruz al frente de la corta familia, y como los desastres se sucedían sin interrupción, al modo de golpes de maza dados en la cabeza por una Providencia implacable, llegó a familiarizarse con la desdicha; no esperaba bienes; veía siempre delante la cáfila de males aguardando su turno para acercarse con espantosa cara. La pérdida de toda la propiedad inmueble, la afectó poco: era cosa prevista. Las humillaciones, los desagradables rozamientos con parientes próximos y lejanos, también encontraron su corazón encallecido. Pero la enfermedad y ceguera de Rafael, a quien adoraba, la hizo tambalear. Aquello era más fuerte que su carácter, endurecido y templado ya como el acero. Tragaba con insensible paladar hieles sin fin. Para combatir la terrible dolencia, realizó empresas de heroína, en cuyo ser se confundieran la mujer y la leona; y cuando se hubo perdido toda esperanza, no se murió de pena, y advirtió en su alma durezas de diamante que le permitían afrontar presiones superiores a cuanto imaginarse puede.

Siguió a la época de la ceguera otra en que la escasez fue tomando carácter grave. Pero no se había llegado aún a lo indecoroso; y además el leal y consecuente amigo de la familia, les ayudaba a sortear el tremendo oleaje.

La venta de un título, único resto de la fortuna del Águila, y de varios objetos de reconocida superfluidad, permitioles vivir malamente; pero ello es que vivían, y aun hubo noche en que, al recogerse después de rudos trabajos, las dos hermanas estaban alegres, y daban gracias a Dios por la ventura relativa que les deparaba. Esta fue la época que podríamos llamar de doña Lupe, porque en ella hicieron conocimiento con la insigne prestamista, que si empezó echándoles la cuerda al cuello, después, a medida que fue conociéndolas, aflojó, compadecida de aquella destronada realeza. De los tratos usurarios se pasó al favor benigno, y de aquí, por natural pendiente, a una amistad sincera, pues doña Lupe sabía distinguir. Para que no se desmintiera el perverso sino que hacía de la existencia de las señoras del Águila un tejido de infortunios, cuando la amistad de doña Lupe anunciaba algún fruto de bienandanza, la pobre señora hizo la gracia de morirse. Creeríase que lo había hecho a propósito, por fastidiar.

¡Y en qué mala ocasión le dio a *la de los pavos* la humorada de marcharse al otro mundo! Cuando su enfermedad empezó a presentar síntomas graves, las Águilas entraban en lo que Torquemada, metido a hombre fino, habría llamado el *periodo álgido* de la pobreza. Hasta allí habían ido viviendo con mil estrecheces, careciendo no solo de lo superfluo en que se habían criado, sino de lo indispensable en que se crían grandes y chicos. Vivían mal, aunque sin ruborizarse, porque se comían lo suyo; pero ya se planteaba el dilema terrible de morir de inanición o de comer lo ajeno. Ya era llegado el caso de mirar al cielo, por si caía algún maná que se hubiera quedado en el camino desde el tiempo de los hebreos, o de implorar la caridad pública en la forma menos bochornosa. Si se ha de decir la verdad, este período de suprema angustia se inició un año antes; pero el leal amigo de la casa, don José Donoso, lo contuvo, o lo disimuló con donativos ingeniosamente disfrazados. Para las señoras, las cantidades que de las manos de aquel hombre sin par recibían, eran producto de la enajenación de una carga de justicia; mas no había tal carga de justicia enajenada, ni cosa que lo valiera. Descubriolo al fin Crucita, y su consternación no puede expresarse con palabras. No se dio por entendida con don José, comprendiendo que este le agradecería el silencio.

Habría seguido el buen Donoso practicando la caridad de tapadillo, si humanamente tuviera medios hábiles para ello. Pero también había empezado a gemir bajo el yugo de un adverso destino. No tenía hijos; pero sí esposa, la cual era, sin género alguno de duda, la mujer más enferma de la creación. En el largo inventario de dolencias que afligen a la mísera humanidad, ninguna se ha conocido que ella no tuviera metida en su pobre cuerpo, ni en este había parte alguna que no fuese un caso patológico digno de que vinieran a estudiarlo todos los facultativos del mundo. Más que una enferma, era la buena señora una escuela de medicina. Los nervios, el estómago, la cabeza, las extremidades, el corazón, el hígado, los ojos, el cuero cabelludo, todo en aquella infeliz mártir estaba como en revolución. Con tantos alifafes, por indefinido tiempo sufridos sin que se vieran señales de remedio, la señora de Donoso llegó a formarse un carácter especial de persona soberanamente enferma, orgullosa de su mala salud. De tal modo creía ejercer el monopolio del sufrimiento físico, que trinaba cuando le decían que pudiera existir alguien tan enfermo como ella. Y si se hablaba de tal persona que padecía tal dolor o molestia, ella, no queriendo ser menos que nadie, se declaraba atacada de lo mismo, pero en un grado superior. Hablar de sus dolencias, describirlas con morosa prolijidad, cual si se deleitara con su propio sufrimiento, era para ella un desahogo que fácilmente le perdonaban cuantos tenían la desdicha de oírla; y los de la familia le daban cuerda para que se despotricara, con aquel dejo vago de voluptuosidad que ponía en el relato de sus punzadas, angustias, bascas, insomnios, calambres y retortijones. Su esposo, que la quería entrañablemente y que ya llevaba cuarenta años de ver en su casa aquella recopilación de toda la Patología interna, desde los tiempos de Galeno hasta nuestros días, concluyó por asimilarse el orgullo hipocrático de su doliente mitad, y no le hacía maldita gracia que se hablase de padecimientos no conocidos de su Justa, o que a los de su Justa remotamente se pareciesen.

II

La primera pregunta que a don José se hacía en la tertulia de las del Águila, era esta: «Y Justa, ¿cómo ha pasado el día?». Y en la respuesta había siempre una afirmación invariable, *mal, muy mal*, seguida de un comentario que variaba cada veinticuatro horas: «Hoy ha sido la asistolia». Otro día era la cefalalgia, el bolo histérico, o el dolor agudísimo en el dedo gordo del pie. Gozaba Donoso pintando cada noche con recargadas tintas un sufrimiento distinto del de la noche anterior. Y si no se hablaba nunca de esperanzas o probabilidades de remedio, porque el curarse habría sido quitar a la epopeya de males toda su majestad dantesca, en cambio, siempre había algo que decir sobre la continua aplicación de remedios, los cuales se ensayaban por una especie de *dilenttantismo* terapéutico, y se ensayarían mientras hubiese farmacias y farmacéuticos en el mundo.

Con estas bromas, y el sin fin de médicos que iban examinando, con más entusiasmo científico que piedad humanitaria, aquella enciclopedia doliente, los posibles de Donoso se mermaban que era un primor. Él no hablaba de tal cosa; pero las Águilas lo presumían, y acabaron por cerciorarse de que también su amigo padecía de ciertos ahogos. Por indiscreción de un íntimo de ambas familias enterose Cruz de que don José había contraído una deuda, cosa en él muy anómala y que pugnaba con los hábitos de toda su vida. ¡Y que no pudiera ella acudir en su auxilio, devolviéndole con creces los beneficios de él recibidos! Con estas penas, que unos y otros devoraban en silencio, coincidieron los días de la tremenda crisis económica de que antes hablé, los crujidos espantosos que anunciaban el principio del fin, dejando entrever el rostro lívido de la miseria, no ya vergonzante y pudibunda, sino desnuda, andrajosa, descarada. Ya se notaban en algunos proveedores de la casa desconfianzas groseras, que hacían tanto daño a las señoras como si las azotaran públicamente. Ya no había ni esperanzas remotas de restablecer las buenas relaciones con el propietario de la casa, ni se veía solución posible al temido problema. Ya no era posible luchar, y había que sucumbir con heroísmo, llamar a las puertas de la caridad provincial o municipal, si no preferían las nobles víctimas una triple ración de fósforos en aguardiente, o arrojarse los tres en cualquier abismo que el demonio les deparase.

En tan críticos días apareció la solución. ¡La solución! Sí que lo era, y cuando Donoso la propuso, refrescando memorias de doña Lupe, que la había propuesto también como una chifladura que hacía reír a las señoras, Cruz se quedó aturdida un buen espacio de tiempo, sin saber si oía la voz de la Providencia anunciando el iris de paz, o si el buen amigo se burlaba de ella.

«No, no es broma —dijo Donoso—. Repito que no es imposible. Hace tiempo que esa idea está labrando aquí. Creo que es una solución aceptable, y si se me apura, la única solución posible. Falta, dirá usted, que el interesado manifieste... Pues aunque nada en concreto me ha dicho, creo que por él no habrá dificultad.»

Hizo Cruz un gesto de repugnancia, y después un gesto de conformidad, y sucesivamente una serie de gestos y mohines que denotaban la turbación de su alma. Solución, sí, solución era. Si no había otra, ni podía haberla, ¿a qué discutirla? No se discute el madero flotante al cual se agarra el náufrago que ya se ha bebido la mitad de la mar. Marchose don José, y al siguiente día volvió con la historia de que sus negociaciones iban como una seda, que por la parte masculina, bien se podía aventurar un *sí* como una casa. Faltaba el *sí* del *elemento* femenino. Cruz, que aquella mañana tenía un volcán en su cerebro, del cual eran señales las llamaradas rojizas que encendían su rostro, movió los brazos como un delirante tifoideo, y exclamó: «Aceptado, aceptado, pues no hay valor para el suicidio...».

Donoso no sabía si la señora lloraba, o si se mordía las manos cuando la vio caer en una silla, taparse la cara, extender luego los brazos echando la cabeza hacia atrás.

«Calma, señora mía. Hablando en plata, diré a usted que el partido me parecería aceptable en cualesquiera circunstancias. En las presentes, tengo para mí que es un partido soberbio.»

—Si no digo que no; no digo nada. Arréglelo usted como quiera... El humorismo del destino adverso es horrible ¿verdad? ¡Gasta unas bromas Dios Omnipotente!... Crea usted que no puedo menos de ver todo eso de la inmortalidad y de la eterna justicia por el lado cómico. ¿Qué hizo Dios, al crear al hombre, más que fundar el eterno sainete?

—No hay que tomarlo así —dijo don José buscando argumentos de peso—. Nos encontramos frente a un problema... La solución única, aceptable desde luego, es un poquito amarga, de catadura fea... Pero hay cualidades: yo creo que raspando la tosquedad se encuentra el hombre de mérito, de verdadero mérito...

Cruz, que tenía los brazos desnudos porque había estado lavando, los cruzó, clavándose en ellos las uñas. A poco más se saca tiras de piel. «Aceptado; he dicho que aceptado —afirmó con energía, tembloroso el labio inferior—. Ya sabe que mis resoluciones son decisivas. Lo que resuelvo, se hace.»

Cuando se retiraba, don José, asaltado de una duda enojosa, tuvo que llamarla. «Por Dios, no sea usted tan viva de genio. Hay que tratar de un extremo importantísimo. Para seguir las negociaciones, y fijar con la otra parte contratante los términos precisos de la solución, necesito saber...»

—¿Qué, qué más?

—Pues ahí es nada lo que ignoro. A estas alturas, ni él ni yo sabemos con cuál de ustedes...

—Es verdad... Pues... con ninguna, digo, con las dos... No, no haga usted caso. Yo pensaré ese detalle.

—¿Lo llama detalle?...

—Tengo la cabeza en ebullición. Déjeme pensarlo despacio, y lo que yo resuelva, eso será...

Retirose don José, y la dama siguió lavando, sin dejar comprender a Fidela el gallo tapado que el amigo de la casa traía. Ambas se ocupaban con el ardor de siempre en las faenas domésticas, alegre la joven, taciturna la mayor. Una de las cosas a que más difícilmente se resignaba ésta era a la necesidad de ir a la compra. Pero no había más remedio, pues la portera, que tal servicio solía prestarles, se hallaba gravemente enferma, y antes morir que fiarse para ello de alguna de las vecinas entrometidas y fisgonas. Confiar los secretos económicos de la desgraciada familia a gente tan desconsiderada, incapaz de comprender toda la grandeza de aquel martirio, habría sido venderse estúpidamente. Y antes que venderse, mejor era humillarse a bajar al mercado, hacer frente a placeras insolentes y tenderos desvergonzados, procurando no darse a conocer o haciéndose la ilusión de no ser conocida. Cruz se disfrazaba, envolviéndose el cuerpo en un mantón, y la cara en luengo pañuelo, y así salía, con su escaso repuesto de moneda de cobre, que cambiaba por porciones inverosímiles de carne, legumbres, pan, y algún huevo en ciertos días. Ir a la compra sin dinero, o con menos dinero del necesario, era para la dignísima señora suplicio que se dejaba tamañitos todos los que inventó Dante en su terrible Infierno. Tener que suplicar que se le concediese algún crédito, tener que mentir, ofreciendo pagar la semana próxima lo que seguramente no había de poder dar, era un esfuerzo de voluntad solo inferior en un grado al que se necesita para estrellarse el cráneo contra la pared. Flaqueaba a veces; pero el recuerdo del pobrecito ciego, que no conocía más placer que saborear la comida, la estimulaba con aguijón terrible a seguir adelante en aquel *vía crucis*. «¡Y luego me hablan a mí de mártires —se decía, camino de la calle de Pelayo—, y de las vírgenes arrojadas a las fieras y de otras a quienes desollaban vivas! Me río yo de todo eso. Que vengan aquí a sufrir, a ganar el cielo sin ostentación de que se gana, sin bombo y platillo.» Regresaba a su casa, jadeante, el rostro como un pimiento, rendida del colosal esfuerzo, que otra vez le daba idea de la infinita resistencia de la voluntad humana. Seguían a estas amarguras las de aderezar aquellos recortes de comida, de modo que Rafael tuviese la mejor parte, si no la totalidad, sin enterarse de que sus hermanas no lo probaban. Para que no conociese el engaño, Fidela imitaba el picoteo del tenedor, el rumor del mascar, y todo lo que pudiera dar la ilusión de que ambas comían. Cruz se había hecho ya a sobriedades inverosímiles, y si Fidela mordiscaba, por travesura y depravaciones del gusto, mil porquerías, hacíalo ella por convicción, curada ya de todos los ascos posibles. El partido que allí se sacaba de una patata resultaría increíble si se narrara con toda puntualidad. Cruz, como el filósofo calderoniano, recogía las hierbas arrojadas por la otra. Huevos, ninguna de las dos los cataba tiempo hacía, y para que Rafael no lo comprendiera, la traviesa hermana menor golpeaba un cascarón sobre la huevera, imitando con admirable histrionismo el acto de comer un huevo pasado. Para sí hacían caldos inverosímiles, guisos que debieran pasar a la historia culinaria, cual modelos de la nada figurando ser algo. Ni aun a Donoso se le revelaban estos milagros de la miseria noble, por temor de que el buen señor hiciera un disparate sacrificándose por sus amigas. Tanta delicadeza en ellas era ya excesiva; pero se encontraban sin fuerzas para conllevar por más tiempo actitudes tan angustiosamente difíciles, y por las noches no podían sostener la afable rigidez de la tertulia sino con tremendas erecciones de la voluntad.

Aquel día, que debía señalarse con piedra de algún color, por ser la fecha en que fueron aceptadas en principio por Cruz las proposiciones de Torquemada, sentíase la buena señora con más ánimos. Se presentaba una solución, buena o mala, pero solución al fin. La salida de aquella caverna tenebrosa era ya posible, y debían alegrarse, aun ignorando a dónde irían a parar por la grieta que en la ingrata roca se vislumbraba. Al dar de comer a su hermano, la dama ponderó más que otras veces la buena comidita de aquel día. «Hoy tienes lo que tanto te gusta: lenguado al *gratin*. Y un postre riquísimo: polvorones de Sevilla.» Fidela le ataba la servilleta al cuello, Cruz le ponía delante el plato de sopa, mientras él, tentando en la mesa, buscaba la cuchara. La falta de vista hábile aguzado el oído, dándole una facultad de apreciar las más ligeras variaciones del timbre de voz en las personas que le rodeaban. De tal modo afinaba, en aquel memorable día, la ampliación del sentido, que conoció por la voz no solo el temple de su hermana, sino hasta sus pensamientos, a nadie declarados.

En los ratos que Cruz iba a la cocina, dejándole solo con Fidela, el ciego, comiendo despacio y sin mucho apetito, platicaba con su hermana.

«¿Qué pasa?» —le preguntó con cierta inquietud.

—Hijo, ¿qué ha de pasar? Nada.

—Algo pasa. Yo lo conozco, lo adivino.

—¿En qué?...

—En la voz de Cruz. No me digas que no. Hoy ocurre en casa algo extraordinario.

—Pues no sé...

—¿No estuvo don José esta mañana?

—Sí.

—¿Oíste lo que hablaron?

—No; pero supongo que no hablarían nada de particular.

—No me equivoco, no. Algo hay, y algo muy gordo, Fidela. Lo que no sé es si nos traerá felicidad o desgracia. ¿Qué crees tú?

—¿Yo?... Hijo, sea lo que fuere, más desgracias no han de caer sobre nosotros. No puede ser; la imaginación no concibe más.

—¿De modo que tú sospechas que será bueno?

—Te diré... en primer lugar, yo no creo que ocurra nada; pero si algo hubiere, por razón lógica, por ley de justicia, debe de ser cosa buena.

—Cruz nada nos dice. Nos trata como a niños... ¡Caramba!, y si lo que pasa es bueno, bien podía decírnoslo.

La entrada de Cruz cortó este diálogo.

«¿Y vosotras, qué tenéis hoy para comer?»

—¿Nosotras?... ¡Ah!, una cosa muy buena. Hemos traído un pez...

—¿Cómo se llama? ¿Lo ponéis con arroz, o cocido, en salsa tártara?

—Lo pondremos a la madrileña.

—A estilo de besugo, las tres rajitas y las ruedas de limón.

—Pues yo no lo pruebo. No tengo gana —dijo Fidela—. Cómetelo tú.

—No, tú... Para ti se ha traído.

—Tú, tú... tú te lo comes. ¡No faltaba más!...

—¡Ay, qué risa! —dijo el ciego con infantil gozo—. Será preciso echar suertes.

—Sí, sí.

—Arranca dos pajitas de la estera, y tráemelas. A ver... vengan... Ahora, no miréis. Corto una de las pajitas para que sean iguales de tamaño... Ya está... Ahora las cojo entre los dedos: no mirar, digo... ¡Ajajá! La que saque la paja grande, esa se come el pescadito. A ver... Señoras, a sacar...

—Yo esta.

—Yo esta.

—¿Quién ha ganado?

—¡Tengo la pajita chica! —exclamó Fidela, gozosa.

—Yo la grande.

—Cruz se lo come, Cruz —gritó el ciego con seriedad y decisión impropias de cosa tan baladí—. Y no admito evasivas. Yo mando... A callar... y a comer.

III

Aquella fue la noche en que don Francisco dejó de asistir a la tertulia, lo que no causó poca extrañeza, pues era de una puntualidad que él mismo solía llamar *matemática*, empleando con deleite un término que le parecía de los más felices. ¿Qué tendría, qué no tendría?... Todo era conjeturas, temores de enfermedad. Al retirarse, Donoso prometió mandar un recado lo más temprano posible al día próximo para saber a qué atenerse.

Cuando Fidela, como de costumbre, ayudaba a Rafael a quitarse la ropa para meterse en el lecho, el ciego, en voz tan apagada que pudiera dudarse si hablaba con su hermana o consigo mismo, decía: «No cabe duda, no. Algo ocurre».

—¿Qué estás ahí rezongando?

—Lo que te dije... Veo un suceso, un suceso extraordinario, aquí, sobre la casa, dándole sombra como una nube que casi se toca con la mano, o como un gran pájaro con las alas abiertas...

—¿Pero en qué te fundas tú para pensar tal cosa? Caviloso eres...

—Me fundo... no sé en qué me fundo. Cuando uno no ve, se le desarrolla un sentido nuevo, el sexto sentido, el poder de adivinación, cierta seguridad del presentimiento, que... No sé, no sé lo que es. Me mareo pensándolo... Pero jamás me equivoco.

Cualquier suceso insignificante que alterara en mínima parte la monótona regularidad de la triste existencia de aquella familia era para Rafael motivo de cavilaciones, poniendo en febril ejercicio su facultad de husmear los sucesos en misteriosos efluvios de la atmósfera. El no haber venido aquella noche Torquemada, motivo fue para pensar en un desequilibrio de los hechos que componían el inalterable cuadro vital de la tertulia; y aunque Rafael no echaba de menos a don Francisco, vio en aquel vacío creado por su ausencia algo anormal, que le confirmaba en sus sospechas o barruntos. Y enlazando aquella ausencia con fenómenos acústicos del género más sutil, como el timbre de voz de su hermana mayor, se metía en un laberinto de hipótesis, capaz de volver loco a quien no tuviera por cabeza una perfecta *máquina de probabilidades*.

«Vaya, niño —indicó su hermana arropándole—, no pienses tonterías, y a dormir.»

Entró Cruz a ver si estaba bien acostado, o si algo le faltaba.

«¿Sabes? —le dijo Fidela, que a broma tomaba siempre aquellas cosas—. Dice que algo va a suceder, rarísimo y nunca visto.»

—Niño, duérmete —respondió la hermana mayor acariciándole la barba—. Nunca sabemos lo que sucederá mañana. Lo que Dios quiera será.

—Luego... algo hay —afirmó el ciego con rápida percepción.

—No, hijo, nada.

—Con tal que sea bueno, venga lo que quiera —apuntó Fidela graciosamente.

—Bueno, sí; pensad cosas buenas. Ya es tiempo... me parece...

—¿Luego... es bueno? —dijo vivamente Rafael, sacando la boca del embozo.

—¿Qué?

—Eso.

—¿Qué, hijo?

—Eso que va a pasar.

—Vaya, no caviles, y duérmete tranquilo... ¿Quién duda que Dios, al fin y al cabo, ha de apiadarse de nosotros? ¡Oh, pensar en que aún pueden venir más desgracias...! Nunca; no cabe en lo humano. Hemos llegado al límite. ¿Hay o no hay límite en las cosas humanas? Pues si hay límite, en él estamos... Ea, a dormir todo el mundo.

¡El límite! No necesitaba Rafael oír más para pasarse parte de la noche hilando y deshilando una palabra. Límite era lo mismo que frontera, el punto o línea en que acaba un territorio y empieza otro. Si ellos tocaban ya el límite, era que su vida cambiaría por completo. ¿Cómo, por qué?... También Fidela, creyendo notar algo de excitación nerviosa en su hermana, ordinariamente tan impenetrable y reposada, creyó que aquello del límite no era un dicho insignificante, y empezó a divagar, abriendo su espíritu a las ilusiones risueñas que constantemente le rondaban para colarse dentro. La pobrecilla necesitaba poco para ponerse alegre, ávida de respirar fuera de aquella cárcel tenebrosa de la miseria. Una idea suelta, media palabra le bastaban para entregarse al juego inocente de creer en el bien posible, de mirarlo venir, y de llamarlo con la fuerza misma del deseo.

«Acuéstate» —le dijo su hermana con la dulce autoridad que gastar solía. Y cogiendo una luz, se fue a registrar la casa, costumbre que había prevalecido en ella desde un fuerte susto que pasaron a poco de habitar allí. Examinaba todos los rincones, poníase a gatas para mirar debajo del sofá y de las camas, y concluía por asegurarse de que estaba bien echado el cerrojo, y bien trancadas las ventanas que caían al patinillo medianero. Cuando volvió al lado de su hermana, esta se desnudaba para acostarse, doblando cuidadosamente su ropa. «¿Se lo diré ahora? —pensó Cruz, después de aplicar el oído a la vidriera del gabinete para cerciorarse de que Rafael no rebullía—. No, no; se desvelará la pobrecilla. Mañana lo sabrá. Además, temo el oído sutil de mi hermano, que oye lo que se piensa, cuanto más lo que se dice.»

Viendo a Fidela rezar entre dientes, ya en el lecho, se acostó en la cama próxima, operación sencillísima, pues la señora no se desnudaba. Dormía con enaguas, medias y una chambra, liado en la cabeza un pañuelo al modo de venda. Una manta de algodón la preservaba del frío en los meses crudos; en verano le bastaba un abrigo viejo, de rodillas abajo. Seis meses hacía que la mayor de las Águilas no sabía lo que eran sábanas.

Apagada la luz y masculladas dos o tres oraciones, la dama dio un chapuzón en aquella estancada laguna de su mísera vida, sintiéndose con agilidad para nadar un poco. Además, la laguna se agitaba; en su seno levantábanse olas que columpiaban y sumergían a la nadadora con gallardo movimiento.

«No, Virgen y Padre Eterno y Potencias celestiales, yo no... no es a mí a quien toca este sacrificio para salvarnos de la muerte. A mi hermana le corresponde, a ella, más joven, a ella, que apenas ha luchado. Yo estoy rendida de esta horrible batalla con el destino. Ya no puedo más; me caigo, me muero. ¡Diez años de espantosa guerra, siempre en guardia, siempre en primera línea, parando golpes, atendiendo a todo, inventando triquiñuelas para ganar una semana, un día, horas; disimulando la tribulación para que los demás no perdieran el ánimo; comiendo abrojos y bebiendo hiel para que los demás pudieran vivir...! No, yo ya he cumplido, Señor; estoy relevada de esta obligación; me ha pasado el turno. Ahora me toca descansar, gobernar tranquilamente a los demás. Y ella, mi hermanita, que entre ahora en fuego, en este desconocido combate que se prepara; ella, tropa de refresco, ella, joven y briosa, y con ilusiones todavía. Yo no las tengo; yo no sirvo para nada, menos para el matrimonio... ¡y con ese pobre adefesio!...»

Media vuelta, y rápida emergencia desde lo profundo de las aguas a la superficie.

«En resumidas cuentas, no es mal hombre... Ya me encargaré yo de pulirle, raspándole bien las escamas. Debe de ser docilote y manso como un pececillo. ¡Ah, si mi hermana tiene un poquito de habilidad, haremos de él lo que nos convenga!... La solución será todo lo estrafalaria que se quiera; pero es una solución. O aceptarla, o dejarnos morir. Cierto que resulta un poquito y un muchito ridícula... pero no estamos en el caso de mirar mucho al qué dirán. ¿Qué debemos a la sociedad? Desaires y humillaciones, cuando no dentelladas horribles. Pues no miremos a la sociedad; figurémonos que no existe. Los mismos que nos critiquen le besarán la mano a él, sí... porque con esa mano firma el talonario... la besarán, por si algo se les pega... ¡Qué risa!»

Media vuelta, y rápida inmersión a los profundos abismos. «Pues si esta pobrecita Fidela, que siempre fue mimosilla y voluntariosa, se niega al sacrificio; si no logro convencerla, si prefiere la muerte a la redención de la familia por tal procedimiento, no tendré más remedio que apechugar yo... No, no; yo la convenceré: es razonable, y comprenderá que a ella le toca apurar este cáliz, como a mí me han tocado otros... Lo que es yo, no me lo bebo... Además, ya estoy vieja. De seguro que él preferirá a la otra... ¿Pero si por artes del enemigo se vuelve a mí, o me saca, como en el juego de las pajitas...? ¡No, no; qué disparate! He cumplido cuarenta años y me siento como si hubiera vivido sesenta. ¡Yo ahora en esos trotes, teniendo que acostarme con ese gaznápiro, y soportarle, y...! ¡Ni cómo he de servir yo para eso!... Fidela, Fidela, que apenas tiene veintinueve... Porque... ¡cielos divinos!, para que el sacrificio sea provechoso, es preciso que nazca algo... Yo criaré a mis sobrinitos, y gobernaré a todos, chicos y grandes, porque eso sí... mi autoridad no la pierdo. Estableceré una dictadura; nadie respirará en la casa sin mi permiso, y...»

Breve sueño, y despertar repentino, con excitación y hormiguilla en todo el cuerpo.

«En cuanto a ese pobre hombre, respondo de que le afinaré. Yo le alecciono de una manera indirecta, y... la verdad, no hay queja del discípulo. En su afán de encasillarse en lugar más alto del que tiene, se asimila todas las ideas que le voy echando, como se echa pan a los pececillos de un estanque. El infeliz está ávido de ideas nuevas, de modales finos y de términos elegantes. No tiene nada de tonto, y se espanta de ser ridículo. Ponte en mis manos, asnito de la casa, y yo te volveré tan galán que causes envidia... Cuando tenga más confianza, le cogeré por mi cuenta, y veremos si me luzco. Por de pronto, me valgo del amigo Donoso para advertirle ciertas conveniencias, leccioncillas que no puede una espetar sin tocarle el amor propio. Don José me servirá de intermediario para hacerle entender que las personas finas no comen cebolla cruda. Hay noches, ¡Dios mío!, en que es preciso ponerse a metro y medio del buen señor, porque...»

Balanceo en aguas medias... desvanecimiento, letargo.

IV

A la siguiente mañana, tempranito, cuando Rafael aún no rebullía, Cruz trincó a su hermana, y metiéndose con ella en la cocina, lugar retirado y silencioso, desde el cual, por mucho que se alzase la voz, no podía esta llegar al sutil oído del ciego, sin preparativos ni atenuantes que aquella mujer de acero no acostumbraba usar en las ocasiones de verdadera gravedad, se lo dijo. Y muy clarito, en breves y categóricas palabras.

«¡Yo... pero yo...!» —exclamó Fidela, abriendo los ojos todo lo que abrirlos podía.

—Tú, sí... No hay más que hablar.

—¿Yo dices?

—¡Tú, tú! No hay otra solución. Es preciso.

Cuando Cruz, con aquel solemne y autoritario acento, robustecido y virilizado en el continuo batallar con la suerte, decía *es preciso*, no había más remedio que bajar la cabeza. Allí se obedecía a estilo de disciplina militar, o con la sumisión callada de la ordenanza jesuítica, *perinde ac cadaver*.

«¿Creías tú otra cosa?» —dijo después de una pausa, en que observaba en el rostro de Fidela los efectos del testarazo.

—Anoche empecé a sospecharlo, y creí... creí que serías tú...

—No, hija mía, tú. Con que, ya lo sabes.

Dijo esto con fría tranquilidad de ama de casa, como si le mandara mondar los guisantes o poner los garbanzos de remojo. Alzó los hombros Fidela, y pestañeando a toda prisa, replicó: «Bueno...» y se fue hacia su cuarto, disparada, sin saber a dónde iba.

La primera impresión de la graciosa joven, pasado el estupor del momento en que oyó la noticia, fue de alegría, de un respirar libre, y de un desahogo del alma y de los pulmones, como si le quitaran de encima un formidable peñasco, con el cual venía cargada desde inmemorial fecha. El peñasco podía ser una pesadísima joroba que en aquel instante por sí sola se le extirpaba, permitiéndole erguirse con su natural gallardía. «Matrimonio —se dijo—, significa límite. De aquí para allá, no más miseria, no más hambre, no más agonías, ni la tristeza infinita de esta cárcel... Podré vestirme con decencia, mudarme de ropa, arreglarme, salir a la calle sin morirme de vergüenza, ver gente, tener amigas..., y sobre todo, soltar este remo de galera, no tener que volverme loca pensando en cómo ha de durar un calabacín toda la semana... no contar los garbanzos como si fueran perlas, no cortar y medir al quilate los pedazos de pan, comerme un huevo entero... rodear a mi pobre hermano de comodidades, llevarle a baños, ir yo también, viajar, salir, correr, ser lo que fuimos... ¡Ay, hemos sufrido tanto, que el dejar de sufrir parece un sueño! ¿Acaso estoy yo despierta?» Se pellizcaba, y luego corría por toda la casa, emprendiendo maquinalmente las faenas habituales: coger un zorro y empezar a sacudir latigazos a las puertas, coger también la escoba, barrer... «No hagas mucho ruido —le dijo Cruz, que pasaba del comedor a la cocina llevando loza—. Todavía me parece que duerme. Mira... yo barreré un poco; enciende tú la lumbre: toma la cerilla... Cuidadito al encenderla, que no tenemos más que tres por junto.» Daba estas órdenes con sencillez, como si momentos antes no hubiera ejercido su autoridad en la cosa más grave que ejercerse podía. Creyérase que no había pasado nada, que todo había sido broma. Pero Cruz era así, un carácter entero, que disponía lo que juzgaba conveniente, empleando la misma autoridad glacial en las cosas chicas que en las grandes. Cambió de mano la escoba. ¡Sabe Dios lo que Cruz pensaba mientras barría! Fidela, al encender la lumbre, siguió recreando su mente con la risueña perspectiva del cambio de vida. Hubo de pasar algún tiempo, en el cual prendió la astilla y se levantó la vagarosa llama, antes de que comenzara la natural reacción de aquel júbilo, o el despertar de aquel ensueño, permitiendo ver la realidad del tremendo caso. La llama atacaba con brío el carbón, cuando a Fidela se le representó la imagen de Torquemada en toda su estrafalaria tosquedad. Bien observado le tenía, y jamás pudo encontrar en él ninguna gracia de las que adornan al sexo fuerte. ¿Pero qué remedio había más que resignarse para poder vivir? ¿Era o no una salvación? Pues siendo salvación para los tres, ella por los tres se ofrecía en holocausto al monstruo, y se le entregaba por toda la vida. Menos mal si los demás vivían

94

alegres, aunque ella pasase la pena negra con los amargores de aquel brebaje que se tenía que tomar.

Esta idea le quitó el apetito, y cuando su hermana preparó, con la rapidez de costumbre, el chocolate con agua que a las dos servía de desayuno, Fidela no quiso probarlo. «¿Ya vienes con tus remilgos? ¡Si está muy bueno! —le dijo Cruz, poniendo sobre la mesa de la cocina los mendrugos de pan del día anterior que ayudaban a tragar la pócima—. ¿Qué? ¿Estás preocupada con lo que te dije? ¡Ay, hija mía, en esta fiera lucha que venimos sosteniendo, cuando hay que hacer algo se hace! A ti te ha tocado esta obligación, como a mí me han tocado otras, bien rudas por cierto, y no hay remedio. Si los tres hemos de vivir, de ti dependen nuestras vidas. Y no resulta el sacrificio tan duro como a primera vista parece. Cierto que no es muy galán que digamos. Cierto que se ha enriquecido prestando dinero con espantosa usura, y lleva sobre sí el menosprecio y el odio de tanta y tanta víctima. ¡Pero, ay, Fidela, no puede una escoger el peñasco en que ha de tomar tierra! La tempestad nos arroja en ese. ¿Qué hemos de hacer más que agarrarnos? Figúrate que somos pobres náufragos flotando entre las olas, sobre una tabla podrida. ¡Que nos ahogamos, que nos traga el abismo! Y así se pasan días, meses, años. Por fin alcanzamos a ver tierra. ¡Ay, una isla! ¿Qué hemos de hacer más que plantarnos en ella y dar gracias a Dios? ¿Es justo que, ahogándonos y viendo tierra cercana, nos pongamos a discutir si la isla es bonita o fea, si hay en ella flores o cardos borriqueros, si tiene pájaros lindos, o lagartijas y otras alimañas asquerosas? Es una isla, es suelo sólido, y en ella desembarcamos. Ya procuraremos pasarlo allí lo mejor posible. ¡Y quién sabe, quién sabe si metiéndonos tierra adentro encontraremos árboles y valles hermosos, aguas saludables, y todo el bien de que estamos privadas!... Conque... no hay que afligirse. Es hombre de clase inferior y de extracción villana. Pero su inferioridad y las ganas que tiene de aseñorarse, le harán más dócil, más dúctil, y conseguiremos volverle del revés. Por más que tú digas, yo veo en él cualidades; no es tonto, no. Rascando en aquella corteza se encuentra rectitud, sensibilidad, juicio claro... En fin, casados os vea yo, y déjale de mi cuenta... *(Pausa.)* ¿Y a qué viene ahora ese lloro? Guarda la lagrimita para cuando venga a pelo. Esto no es una desgracia; esto, después de diez años de horrible sufrimiento, es una salvación, un inmenso bien. Reflexiona y lo comprenderás.»

—Sí, lo comprendo... No digo nada —murmuró Fidela, decidiéndose a tomar el chocolate; que más pudo al fin la necesidad que el asco—. ¿Es preciso hacerlo? Pues no se hable más. Aunque el sacrificio fuera mucho mayor, yo lo haría. No están los tiempos para escrupulizar, ni para pedir que nos sirvan platos de gusto. Lo que dices..., ¡quién sabe si será la isla menos árida y menos fea de lo que parece mirada desde el mar!

—Justo... ¡Quién sabe!...

—Y si una vez salvados, nos alegraremos de estar en ella... Porque eso no se sabe. ¡Cuántas se han casado creyendo que iban a ser muy felices, y luego resultaba que él era un perdido y un sinvergüenza! ¡Y cuántas se casan como quien va al matadero, y luego...!

—Justo... Luego se encuentran con ciertas virtudes que suplen la belleza, y con un orden económico, que al fin y al cabo hace la vida metódica, dulce y agradable. En este mundo pícaro no hay que esperar felicidades de relumbrón, que casi siempre son humo; basta adquirir un mediano bienestar. Las necesidades satisfechas: eso es lo principal... ¡Vivir, y con esto se dice todo!

—¡Vivir!... eso es... Pues bien, hermana, si de mí depende, viviremos.

Gozosa de su triunfo se levantó Cruz, y encargando a su hermana que no diese la noticia a Rafael sino después de prepararle gradualmente, se vistió de máscara para ir a la compra, la obligación que más la molestara, y que más penosa se le hacía entre todas las cargas de aquella abrumadora existencia.

Rafael llamaba. Acudió Fidela, y dándole la ropa le incitó a levantarse. Aquel día estaba la joven de buenas, y propuso a su hermano llevarle a dar un paseo. «Noto en el timbre de tu voz una cosa muy extraña —le dijo el ciego, levantado ya, y cuando la hermana le ponía delante la jofaina para que se lavase la cara—. No me niegues que te pasa algo. Tú estás más alegre que otros días... alegre, sí, y conmovida... Tú has llorado, Fidela, no me lo niegues: hay en tu voz la humedad de lágrimas que se han secado hace un ratito. Tú has reído después o antes de llorar. Todavía te queda en la voz la vibración de la risa.»

—Anda, no hagas caso... Date prisa, que es hora de peinarte, y te voy a poner hoy más guapo que un Sol.

—Dame la toalla.

—Toma...

—¿Qué hay? Cuéntamelo todo...

—Pues hay... un poquitín de novedades.

—¿Ves? Anoche lo dije. Si yo adivino...

—Pues...

—¿Ha estado alguien en casa?

—Nadie, hijo.

—¿Han traído alguna carta?

—No.

—Yo soñé que traían una carta con buenas noticias.

—Las buenas noticias pueden llegar sin carta; vienen por el aire, por los medios desconocidos que suele usar la infinita sabiduría del Señor.

—¡Ay, me pones en ascuas! Dilo pronto.

—Te peinaré primero... Estate quieto... No hagas visajes...

—¡Oh, no seas cruel!... ¡Qué suplicio!

—Si no es nada, hijito... Quieto. Déjame sacar bien la raya. Apenas es importante la raya.

—A propósito de raya... ¿Qué es eso del límite que dijo Cruz? No he pensado en otra cosa durante toda la noche. ¿Quiere decir que hemos llegado al límite de nuestro sufrimiento?

—Sí.

—¿Cómo?... *(levantándose con febril inquietud)*. Dímelo, dímelo al instante... Fidela, no me irrites, no abuses de mi estado, de esta ceguera que me aísla del mundo, y me encierra dentro de una esfera de engaños y mentiras. Ya que no puedo ver la luz, vea al menos la verdad, la verdad, Fidela, hermana querida.

V

—Sosiégate... Te diré todo —replicó Fidela, un poquitín asustada, colgándose de sus hombros para hacerle sentar—. Tiempo hacía que no te enfadabas así.

—Es que desde ayer estoy como un arma cargada a pelo. Me tocan, y me disparo... No sé qué es esto... un presentimiento horrible, un temor... Dime: en este cambio feliz que nos espera, ¿ha tenido algo que ver don José Donoso?

—Puede que sí: no te lo aseguro.

—¿Y don Francisco Torquemada?

Pausa. Silencio grave, durante el cual, el vuelo de una mosca sonaba como si el espacio fuera un gran cristal, rayado por el diamante.

«¿No respondes? ¿Estás ahí?» —dijo el ciego con ansiedad vivísima.

—Aquí estoy.

—Dame tu mano... A ver.

—Pues siéntate y ten juicio.

Rafael se sentó, y su hermana le besó la frente, dejándose atraer por él, que le tiraba del brazo.

«Paréceme que lloras *(tentándole la cara)*. Sí... tu cara está mojada. Fidela, ¿qué es esto? Respóndeme a la pregunta que te hice. En ese cambio, en ese... no sé cómo decirlo..., ¿figura de algún modo, como causa, como agente principal, ese amigo de casa, ese hombre ordinario que ahora estudia para persona decente?»

—Y si figurara, ¿qué? —contestó la joven después de hacerse repetir tres veces la pregunta.

—No digas más. ¡Me estás matando! —exclamó el ciego, apartándola de sí—. Vete, déjame solo... No creas que me coge de nuevas la noticia. Hace días que me andaba por dentro una sospecha... Era como un insecto que me picaba las entrañas, que me las comía... ¡Sufrimiento mayor...! No quiero saber más: acerté. ¡Qué manera de adivinar! Pero dime: ¿no trajisteis a ese hombre a casa como bufón, para que nos divirtiera con sus gansadas?

—Cállate, por Dios —dijo Fidela con terror—. Si Cruz te oye, se enojará.

—Que me oiga. ¿Dónde está?

—Vendrá pronto.

—¡Y ella...! Dios mío, bien hiciste en cegarme para que no viera tanta ignominia... Pero si no la veo, la siento, la toco...

Gesticulaba en pie, y habría caído, tropezando contra los muebles, si su hermana no se abrazara a él, llevándole casi por fuerza al sillón.

«Hijo, por Dios, no te pongas así. Si no es lo que tú crees.»

—Que sí, que sí es.

—Pero óyeme... Ten juicio, ten prudencia. Déjame que te peine.

De una manotada arrancó Rafael el peine de manos de Fidela y lo partió en dos pedazos.

«Vete a peinar a ese mastín, que lo necesitará más que yo. Estará lleno de miseria...»

—¡Hijo, por Dios!... te vas a poner malito.

—Es lo que deseo. Mejor me vendría morirme; y así os quedabais tan anchas, en libertad para degradaros cuanto quisierais.

—¡Degradarnos! ¿Pero tú que te figuras?

—No, si ya sé que se trata de matrimonio en regla. Os vendéis, por mediación o corretaje de la Santa Iglesia. Lo mismo da. La ignominia no es menor por eso. Sin duda creéis que nuestro nombre es un troncho de col, y se lo arrojáis al cerdo para que se lo coma...

—¡Oh, qué disparates estás diciendo...! Tú no estás bueno, Rafael. Me haces un daño horrible...

Echose a llorar la pobre joven, y en tanto su hermano se encerraba en torvo silencio.

«Daño, no —le dijo al fin—, no puedo hacerte daño. El daño te lo haces tú misma, y a mí me toca compadecerte con toda mi alma, y quererte más. Ven acá.»

Abrazáronse con ternura, y lloraron el uno sobre el pecho de la otra, con la efusión ardiente de una despedida para la eternidad.

Inmenso cariño aunaba las almas de los tres hermanos del Águila. Las dos hembras sentían por el ciego un amor que la compasión elevaba a idolatría. Él las pagaba en igual moneda; pero queriéndolas mucho a las dos, algún matiz distinguía el afecto a Cruz del afecto a Fidela. En la hermana mayor vio siempre como una segunda madre, dulce autoridad que, aun ejerciéndose con firmeza, reforzaba el cariño. En Fidela no veía más que la hermanita querida, compañera de desgracias, y hasta de juegos inocentes. En vez de autoridad, confianza, bromas, ternura, y un vivir conjuntivo, alma en alma, sintiendo cada uno por los dos. Era un caso de hermanos siameses, seres unidos por algo más que el parentesco y un lazo espiritual. A Cruz la miraba Rafael con veneración casi religiosa: para ella eran los sentimientos de filial sumisión y respeto; para Fidela toda la ternura y delicadeza que su vida de ciego acumulaba en él, como manantial que no corre, y labrando en su propio seno, forma un pozo insondable.

Llorando sin tregua, no sabían desabrazarse. Fidela fue la primera que quiso poner fin a escena tan penosa, porque si Cruz entraba y les veía tan afligidos, tendría un disgusto. Secándose a toda prisa las lágrimas, porque creyó sentir el ruido del llavín en la puerta, dijo a su hermano: «Disimula, hijo. Creo que ha entrado... Si nos ve llorando... de fijo se incomodará... Creerá que te he dicho lo que no debo decirte...».

Rafael no chistó. La cabeza inclinada sobre el pecho, el cabello en desorden, esparcido sobre la frente, parecía un Cristo que acaba de expirar, o más bien *Eccehomo*, por la postura de los brazos, a los que no faltaba más que la caña para que el cuadro resultase completo.

Cruz se asomó a la puerta, sin soltar aún el disfraz que usaba para ir a la compra. Los observó a los dos, pálida, muda, y se retiró al instante. No necesitaba más informaciones para comprender que Rafael lo sabía, y que el efecto de la noticia había sido desastroso. La convivencia en la desgracia, el aislamiento y la costumbre de observarse de continuo los tres, daban a cada uno de los individuos de la infeliz familia una perceptibilidad extremada, y un golpe de vista certero para conocer lo que pensaban y sentían los otros dos. Ellas leían en la fisonomía de él como en el Catecismo: él las había estudiado en el metal de la voz. Ningún secreto era posible entre aquellos tres adivinos, ni segunda intención que al punto no se descubriera. «Todo sea por Dios» —se dijo Cruz, camino de la cocina, con sus miserables paquetes de víveres.

Arrojando su carga sobre la mesa, con gesto de cansancio, sentose y puso entre sus trémulas manos la cabeza. Fidela se acercó de puntillas. «Ya —le dijo Cruz, dando un gran suspiro—, ya veo que lo sabe, y que le ha sentado mal.»

—Tan mal, que... ¡Si vieras... una cosa horrible...!

—¿Acaso se lo dijiste de sopetón? ¿No te encargué...?

—¡Quia! Si él ya lo sabía...

—Lo adivinó. ¡Pobre ángel! La falta de vista le aguza el entendimiento. Todo lo sabe.

—No transige.

—El maldito orgullo de raza. Nosotros lo hemos perdido con este baqueteo espantoso del destino. ¡Raza, familia, clases! ¡Qué miserable parece todo eso desde esta mazmorra en que Dios nos tiene metidas hace tantos años! Pero él conserva ese orgullo, la dignidad del nombre que se tenía por ilustre, que lo era... Es un ángel de Dios, un niño: su ceguera le conserva tal y como fue en mejores tiempos. Vive como encerrado en una redoma, en el recuerdo de un pasado bonito, que... El nombre lo indica: *pasado* quiere decir... lo que no ha de volver.

—Me temo mucho —dijo Fidela secreteando—, que tu... proyecto no pueda realizarse.

—¿Por qué? —preguntó la otra con viveza, echando lumbre por los ojos.

—Porque... Rafael no resistirá la pesadumbre...

—¡Oh!, no será tanto... Le convenceré, le convenceremos. No hay que dar tanta importancia a una primera impresión... Él mismo reconocerá que es preciso... Digo que es preciso, y que es preciso... y se hará.

Reforzó la afirmación dejando caer su puño cerrado sobre la mesa, que gimió con estallido de maderas viejas, haciendo rebotar el pedazo de carne envuelto en un papel. Después, la dama suspiró al levantarse. Diríase que al tomar aliento con toda la fuerza de sus pulmones metía en su interior una gran cuchara para sacar la energía que, después del colosal gasto de aquellos años, aún quedaba dentro. Y quedaba mucha: era una mina inagotable.

«No hay que acobardarse —añadió, sacando del ensangrentado papel el pedazo de carne, y desenvolviendo los otros paquetes—. No pensemos ahora en eso, porque nos volveríamos locas; y a trabajar... Mira, corta un pedazo para bistec. Lo demás lo pones como ayer... Nada de cocido. Aquí tienes el tomate... un poco de lombarda... los tres langostinos... el huevo... tres patatas... Haremos para la noche sopa de fideos... Y no te muevas de aquí por ahora, ni vuelvas allá. Yo le peinaré, y veremos si logro templarle.»

Encontrole en la misma actitud de *Ecce homo* sin caña.

«¿Qué te pasa, hijo mío? —le dijo besándole en el pelo, y dando a su voz toda la ternura posible—. Voy a peinarte. A ver... no hagas mañas. ¿Te duele algo, tienes algún pesar? Pues cuéntamelo prontito, que ya sabes que estoy aquí para procurarte todo el bien posible... Vamos, Rafael, pareces un chiquillo: mira, hijo, que son las tantas; no te has peinado, y tenemos mucho que hacer.»

Con una de cal y otra de arena, con palabras dulcísimas, entreveradas de otras autoritarias, le dominaba siempre. El respeto a la hermana mayor, en quien había visto, desde que empezaron los tiempos de desgracia un ser dotado de sobrenatural energía y capacidad para el gobierno, puso en el alma de Rafael, y sobre aquellos ímpetus de rebeldía mostrados poco antes, pesadísima losa. Dejose peinar. La primogénita del Águila, que siempre se crecía ante las dificultades, en vez de rehuir la cuestión la embistió de frente.

«¡Bah!... todo eso... por lo que te ha dicho Fidela del pobre don Francisco, y de sus pretensiones. ¡El pobre señor es tan bueno, nos ha tomado un cariño tal...! Y ahora sale con la tecla de querer aplicar un remedio definitivo a nuestra horrible situación, a esta agonía en que vivimos, abandonados de todo el mundo. Y no hay que acordarse ya del pleito, que es cosa perdida, por falta de recursos. Se ganaría si pudiéramos hacer frente a los gastos de curia... ¿Pero quién piensa en eso?... Pues como te decía, el buenazo de don Francisco quiere traer un cambio radical a nuestra existencia, quiere... que vivamos.»

Sintió la peinadora que bajo sus dedos se estremecía la cabeza y la persona toda del pobre ciego. Pero este no dijo nada, y después de sacar cuidadosamente la raya, siguió impávida, presentando con lenta ductilidad y cautela la temida cuestión.

«¡Pobre señor! Por los de Canseco he sabido ayer que todo eso que se cuenta de su avaricia es una falsa opinión propalada por sus enemigos. ¡Oh!, el que hace bien los tiene, los cría al calorcillo de su propia generosidad. Me consta que a la chita callando, y aun dejándose desollar vivo por los calumniadores, don Francisco ha remediado muchas desdichas, ha enjugado muchas lágrimas. Solo que no es de los que cacarean sus obras de caridad, y prefiere pasar por codicioso... Es más, le gusta verse menospreciado por la voz pública. Yo digo que así es más meritorio el buen hombre, y más cristiano... ¡Ah!, con nosotras se ha portado siempre como un cumplido caballero... Y lo es, lo es, a pesar de su bárbara corteza...»

Nada. Rafael no decía una palabra, y esto desconcertaba a la hermana mayor, que le requería para que hablase, pues en la discusión tenía la seguridad de vencerle, disparándole las andanadas de su decir persuasivo. Pero el ciego, conociendo sin duda que en la controversia saldría derrotado, se amparaba en la inercia, en el mutismo, como en un reducto inexpugnable.

VI

Le citaba (digámoslo en estilo tauromáquico); pero él no quería salir de su posición defensiva. Por fin, concluyendo de peinarle, y al dar la última mano a los finos cabellos ondeados sobre la frente, le dijo con un poquito de severidad:

«Rafael, me vas a hacer un favor, y no es una súplica, es más bien mandato. No des ocasión a que me enfade de veras contigo. Si esta noche viene don Francisco, espero que le tratarás con la urbanidad de siempre, y que no saldrás con alguna pitada... Porque si el buen señor tiene ciertas pretensiones, que ahora no califico, a nosotros nos corresponde agradecerlas, en ningún caso vituperarlas, cualquiera que sea la respuesta que demos a esas pretensiones... ¿Me entiendes?».

—Sí —dijo Rafael inmóvil.

—Confío en que no nos pondrás en ridículo, tratando mal, en nuestra propia casa, a quien desea favorecernos en una forma que ahora no discuto... No se trata de eso. ¿Puedo estar tranquila?

—Una cosa es la buena crianza, a la cual no faltaré nunca, y otra la dignidad, a la que tampoco puedo faltar.

—Bien.

—Así como te digo que nunca desmentiré mi buena educación ante personas extrañas, sean quienes fueren, también te digo que jamás, jamás transigiré con ese hombre, ni consentiré que entre en nuestra familia... No tengo más que decir.

Cruz desfalleció, reconociendo en las categóricas palabras de su hermano la veta dura de la raza del Águila, unida al irreducible orgullo de los Torre-Auñón. Aquel criterio dogmático sobre la dignidad de la familia, ella se lo había enseñado a Rafael cuando era niño, cuando ella, señorita de casa noble opulenta, vivía rodeada de adoradores, sin que sus padres encontraran hombre alguno merecedor de su preciosa mano.

«¡Ah, hijo mío! —exclamó la dama sin disimular su pena—. Diferencias grandes hay entre tiempos y tiempos. ¿Crees que estamos en aquellos días de prosperidad... ya no te acuerdas... cuando por apartarte de relaciones que no eran muy gratas a la familia, te mandamos de agregado a la legación de Alemania? ¡Pobrecito mío! Después vino la desgracia sobre nuestras pobres cabezas, como una lluvia torrencial que todo lo arrasa... Perdimos cuanto teníamos, el orgullo inclusive. Quedaste ciego; no has visto la transformación del mundo y de los tiempos. De nuestra miseria actual y de la humillación en que vivimos, no ves la parte dolorosa. Lo más negro, lo que más llega al alma y la destroza más, no lo conoces, no puedes conocerlo. Estás todavía, por el poder de la imaginación, en aquel mundo brillante y lleno de ficciones. Y no puedo consolarme ahora de haber sido tu maestra en esas intransigencias de una dignidad tan falsa como todos los oropeles que nos rodeaban. Sí, ese viento, yo, yo misma te lo metí en la cabeza, cuando te enamoraste de la chica de Albert, hija de honrados banqueros, monísima, muy bien educada, pero que nosotros creíamos que nos traía la deshonra, porque no era noble... porque su abuelo había tenido tienda de gorras en la Plaza Mayor. Y yo fui quien te quitó de la cabeza lo que llamábamos tu tontería; y en el hueco que dejaba metí mucha estopa, mucha estopa. Todavía la tienes dentro. ¡Y cuánto me pesa, cuánto, haber sido yo quien te la puso!»

—Es muy distinto este caso de aquel —dijo el ciego—. Reconozco que hay tiempos de tiempos. Hoy, yo transigiría, pero dentro de ciertos límites. Humillarse un poco, pase... ¡Pero humillarse hasta la degradación vergonzosa, transigir con la villanía grosera, y todo ¿por qué?, por lo material, por el vil interés...! ¡Oh, hermana querida!, eso es venderse, y yo no me vendo. ¿De qué se trata? ¿De comer un poco mejor?

—¡De vivir —dijo briosamente, echando lumbre por los ojos, la noble dama—, de vivir! ¿Sabes tú lo que es vivir? ¿Sabes lo que es el temor de morirnos los tres mañana, de aquella muerte que ya no se estila... porque está lleno el mundo de establecimientos benéficos... de la muerte más horrible y más inverosímil, de hambre? ¿Qué, te ríes? Somos muy dignos, Rafael, y con tanta dignidad no creo que debamos llamar a la puerta del Hospicio, y pedir por amor de Dios, un plato de judías. Esa misma dignidad nos veda acercarnos a las puertas de los cuarteles, donde reparten la bazofia sobrante del rancho de los soldados, y comer de ella para tirar un día más. Tampoco nos permite nuestro dignísimo carácter salir a la calle los tres, de noche, y alargar la mano esperando una limosna, ya que nos sea imposible pedirla con palabras... Pues bien, hijo mío, hermano mío, como no podemos hacer eso, ni tampoco aceptar otras soluciones que tú tienes por deshonrosas, ya no nos queda más que una, la de reunirnos los tres, y bien abrazaditos, pidiendo a Dios que nos perdone, arrojarnos por la ventana y estrellarnos contra el suelo... o buscar otro género de muerte, si esta no te parece en todo conforme con la dignidad.

Rafael, anonadado, oyó esta fraterna filípica sin chistar, apoyados los codos en las rodillas, y la cabeza en las palmas de las manos. Atraída por la entonada voz de Cruz, Fidela curioseaba desde la puerta, pelando una patata.

Pasado un ratito, y cuando la primogénita, recogiendo los objetos del tocador, se congratulaba mentalmente del efecto causado por sus palabras, el ciego irguió la cabeza con arrogancia, y se expresó así:

«Pues si nuestra miseria es tan desesperada como dices, si ya no nos queda más solución que la muerte, por mí... sea. Ahora mismo. Estoy pronto... vamos.»

Se levantó, buscando con las manos a su hermana, que no se dejó coger, y desde el otro extremo de la habitación le dijo:

—Pues por mí tampoco quedará. La muerte es para mí un descanso, un alivio, un bien inmenso. Por ti no he dejado ya de vivir. Siempre creí que mi deber era sacrificarme y luchar... pero ya no más, ya no más. ¡Bendita sea la muerte, que me lleva al descanso y a la paz de mis pobres huesos!

—¡Bendita sea, sí! —exclamó Rafael, acometido de un vértigo insano, entusiasmo suicida que no se manifestaba entonces en él por vez primera—. Fidela, ven... ¿Dónde estás?

—Aquí —dijo Cruz—. Ven, Fidela. ¿Verdad que no nos queda ya más recurso que la muerte?

La hermana menor no decía nada.

—Fidela, ven acá... Abrázame... Y tú, Cruz, abrázame también... Llevadme; vamos, los tres juntitos, abrazaditos. ¿Verdad que no tenéis miedo? ¿Verdad que no nos volveremos atrás, y que... resueltamente, como corresponde a quien pone la dignidad por encima de todo, nos quitaremos la vida?

—Yo no tiemblo... —afirmó Cruz, abrazándole.

—¡Ay, yo sí! —murmuró Fidela, desvaneciéndose. Y al tocar con los brazos a su hermano, cayó en el sillón próximo y se llevó la mano a los ojos.

—Fidela, ¿temes?

—Sí... sí —replicó la señorita, trémula y desconcertada, pues había llegado a creer que aquello iba de veras; y por parte de Rafael bien de veras iba.

—No tiene el valor mío —dijo Cruz—, que es todavía más grande que el tuyo.

—¡Ay, yo no puedo, yo no quiero! —declaró Fidela, llorando como una chiquilla—. ¡Morir, matarse...! La muerte me aterra. Prefiero mil veces la miseria más espantosa, comer tronchos de berza... ¿Hay que pedir limosna? Mandadme a mí. Iré, antes que arrojarme por la ventana... ¡Virgen Santa, lo que dolería la cabeza al caer! No, no, no me habléis a mí de matarnos... Yo no puedo, no; yo quiero vivir.

Actitud tan sincera y espontánea terminó la escena, apagando en Rafael el entusiasmo suicida, y dando a Cruz un apoyo admirable para llevar la cuestión al terreno para ella más conveniente.

«Ya ves, nuestra querida hermanita nos deja plantados en mitad del camino... y sin ella ¿cómo vamos a matarnos? No es cosa de dejarla solita en el mundo, entre tanta miseria y desamparo. De todo lo cual se deduce, querido hermano, chiquitín de la casa *(acariciándole con gracejo)*, que Dios no quiere que nos suicidemos... por ahora. Otro día será, porque en verdad no hay más remedio.»

—Ah, pues conmigo no cuenten —manifestó Fidela, nuevamente aterrada, tomándolo muy en serio.

—Por ahora no se hable de eso. Con que, tontín, ¿me prometes ser razonable?

—Si ser razonable es transigir con... eso, y dar nombre de hermano a... Vamos, no puedo: no esperes que yo sea razonable... no lo soy, no sé la manera de serlo.

—Pero hijo mío, ¡si no hay nada todavía! ¡Si no es más que un rumor, que no sé cómo ha llegado a tus oídos! En fin, ya conozco tu opinión, y la tendré en cuenta. Don José hablará contigo, y si entre todos acordamos rechazar la proposición, entre todos acordaremos también lo que se ha de hacer para vivir... Mejor dicho, no hay que discutir más que el asilo en que hemos de pedir plaza. Esta no quiere que muramos; tú no quieres lo otro. Pues al Hospicio con nuestros pobres cuerpos.

—Pues al Hospicio. Yo no transigiré nunca con... aquello.

—Bien, muy bien.

—Que venga don José. Él nos dirá dónde debemos refugiarnos.

—Mañana se ajustará la cuenta definitiva con nuestro destino... Y como aún tenemos un día —agregó la dama con transición jovial—, hemos de aprovecharlo. Ahora almuerzas. Tienes lo que más te gusta.

—¿Qué es?

—No te lo digo; quiero sorprenderte.

—Bueno: lo mismo me da.

—Y después que almuerces, nos vamos de paseo. Tenemos un día que ni de encargo. Llegaremos hasta la casa de Bernardina, y te distraerás un rato.

—Bien, bien —dijo Fidela—; yo también quiero tomar el aire...

—No, hija mía, tú te quedas aquí. Otro día saldrás tú, y yo me quedo.

—¿De modo que voy...?

—Conmigo —afirmó la dama, como diciendo: «lo que es hoy no te suelto»—. Tengo que hablar con Bernardina...

—¡Salir! —exclamó el ciego, respirando fuerte—. Buena falta me hace. Parece que se me apolilla el alma...

—¿Ves, tontín, como el vivir es bueno?

—¡Oh... según y conforme...!

VII

Si no se ha dicho antes, dícese ahora que la antigua y fiel criada de las Águilas vivía en Cuatro Caminos, en el cerro que cae hacia Poniente, del lado del Canalillo del Norte. La casa, construida con losetones que fueron de la Villa, adobes, tierra, pedazos de carriles de tranvía y puertas viejas de cuarterones, era una magnífica choza, decorada a estilo campesino con plantas de calabaza, cuyas frondosas guías perfilaban el alero y la cumbre del tejado. Ocupaba el centro de un grandísimo muladar con cerca de piedras sueltas, material que fue de un taller de cantería, y de trecho en trecho veíanse montones de basura y paja de cuadra, donde escarbaban hasta docena y media de gallinas muy ponedoras, y un gallo muy arrogante, de plumas de oro. Al extremo oriental del cercado, mirando hacia la carretera de Tetuán, se destacaba un desmantelado edificio de un solo piso con todas las trazas de caseta de sobrestantía, techo provisional y paramentos sin revoco; pero su destino era muy distinto. En la puerta que daba al camino veíase un palo largo, al extremo de él una como gran estrella de palitroques negros, algo como un paraguas sin tela, y debajo un letrero de chafarrinones negros sobre yeso, que decía: *Baliente, polvorista.*

Allí tenía su taller el esposo de Bernardina, Cándido Valiente, que surtía de fuegos artificiales, en las fiestas de sus santos titulares, a los barrios de Tetuán, Prosperidad, Guindalera, y a los pueblos de Fuencarral y Chamartín. Bernardina había servido a las señoras del Águila en los primeros tiempos de pobreza, hasta que se casó con Valiente; y tal fue la fidelidad y adhesión de aquella buena mujer, que sus amas siguieron tratándola después, y sostenían con ella relaciones de franca amistad. De Bernardina se valía Cruz para comisiones delicadas, sobre las cuales era prudente guardar impenetrable secreto; con Bernardina consultaba en asuntos graves, y con ella se permitía confianzas que con nadie del mundo habría osado tener. Formalidad, discreción, sentido claro de las cosas, resplandecían en la mujer aquella, que sin saber leer ni escribir, habría podido dar lecciones de arte de la vida a más de cuatro personas de clase superior.

Su matrimonio con el polvorista había sido hasta entonces infecundo: malos partos, y pare usted de contar. Vivía con la pareja el padre de él, Hipólito Valiente, vigilante de consumos, soldado viejo, que estuvo en la campaña de África; el grande amigo del ciego Rafael del Águila, que gozaba lo indecible oyéndole contar sus hazañas, las cuales, en boca del propio héroe de ellas, resultaban tan fabulosas como si fuera el mismísimo Ariosto quien las cantase. Si se llevara cuenta de los moros que mandó al otro mundo en los Castillejos, en Monte Negrón, en el llano de Tetuán y en Wad-Ras, no debía quedar ya sobre la tierra ni un solo sectario de Mahoma para muestra de la raza. Había servido Valiente en *Cazadores de Vergara*, de la división de reserva mandada por don Juan Prim. Se batió en todas las acciones que se dieron para proteger la construcción del camino desde el Campamento de Oteros hasta los Castillejos; y luego allí, en aquella gloriosa ocasión...

¡Cristo!, empezaba el hombre y no concluía. *Cazadores de Vergara* siempre los primeritos, y él, Hipólito Valiente, que era cabo segundo, haciendo cada barbaridad que cantaba el misterio. ¡Qué día, qué 1.º de Enero de 1860! El batallón se hartó de gloria, quedándose en cuadro, con la mitad de la gente tendida en aquellos campos de maldición. Hasta el 14 de Enero no pudo volver a entrar en fuego, y allí fue otra vez el hartarse de escabechar moros. ¡Monte Negrón! También fue de las gordas. Llega por fin el gloriosísimo 4 de Febrero, el acabose, el *nepusuntra* de las batallas habidas y por haber. Bien se portaron todos, y el general O'Donnell mejor que nadie, con aquel disponer las cosas tan a punto, y aquella *comprensión de cabeza*, que era la maravilla del universo.

Estas y las subsiguientes maravillas las oía Rafael con grandísimo contento, sin que lo atenuara la sospecha de que adolecían del vicio de exageración, cuando no del de la mentira poética forjada por el entusiasmo. Desde que desembarcó en Ceuta hasta que volvió a embarcar para España, dejando al perro marroquí sin *ganas de volver por otra*, todo lo narraba Valiente con tanta intrepidez en su retórica como en su apellido, pues cuando llegaba a un punto dudoso, o del cual no había sido testigo presencial, metíase por la calle de enmedio, y allí lo historiaba él a su modo, tirando siempre a lo romancesco y extraordinario. Para Rafael, en el aislamiento que le imponía su ceguera, incapaz de desempeñar en el mundo ningún papel airoso conforme a los impulsos de su corazón hidalgo y de su temple caballeresco, era un consuelo y un solaz irreemplazables oír relatar aventuras heroicas, empeños sublimes de nuestro ejército, batallas sangrientas en que las vidas se inmolaban por el honor. ¡El honor siempre lo primero, la dignidad de España y el lustre de la bandera siempre por cima de todo interés de la materia vil! Y oyendo a Valiente referir cómo, sin haber llevado a la boca un triste pedazo de pan, se lanzaban aquellos mozos al combate, ávidos de hacer polvo a los enemigos del nombre español, se excitaba y enardecía en su adoración de todo lo noble y grande, y en su desprecio de todo lo mezquino y ruin. ¡Batirse sin haber comido! ¡Qué gloria! ¡No conocer el miedo, ni el peligro; no mirar más que el honor! ¡Qué ejemplo! ¡Dichosos los que podían ir por tales caminos! ¡Miserables y desdichados los que se pudrían en una vida ociosa, dándose gusto en las menudencias materiales!

Entrando en el corral, lo primero que preguntó Rafael, al sentir la voz de Bernardina, que a su encuentro salía, fue: «¿Está hoy tu padre franco de servicio?».

—Sí, señor... Por ahí anda, componiéndome una silla.

—Llévale con tu padre —le dijo Cruz—, que le entretendrá contándole lo de África; y entremos tú y yo en tu casa, que tenemos que hablar.

Apareció por detrás de un montón de basura el héroe de los héroes del Mogreb, hombre machucho ya, pequeño de cuerpo, musculoso y ágil, a pesar de su edad, no inferior a los sesenta; tipo de batallón de cazadores, cara curtida, bigote negro, cortado como un cepillo, ojos vivaces, y un reír continuo que perpetuaba en él las alegrías del tiempo de servicio. En mangas de camisa, los brazos arremangados, un pantalón viejo del uniforme de Consumos, la cabeza al aire, Hipólito se adelantó a dar la mano al señorito, y le llevó a donde estaba trabajando.

«Siga, siga usted en su faena —le dijo Rafael, sentándose en una banqueta con ayuda del veterano—. Ya sé que está componiendo sillas.»

—Aquí estamos enredando por matar la pícara vagancia, que es otro gusanillo como el hambre.

Sentado en el santo suelo, las patas abiertas, entre ellas la silla, Valiente iba cogiendo eneas de un montón próximo, y con ellas tejía un asiento nuevo sobre la armazón del vetusto mueble.

«A ver, Hipólito —le dijo Rafael, sin más preámbulo, que aquel romancero familiar no lo necesita—, ¿cómo es aquel pasaje que empezó usted a contarme el otro día...?»

—¿Ya...?, ¿cuando en la cabecera del puente Buceta, sobre el río Gelú, defendíamos el paso de los heridos...?

—No, no era eso. Era el paso por un desfiladero... Moros y más moros en las alturas.

—¡Ah!... ya... al día siguiente de Wad-Ras, ¡vaya una batallita!... Pues el ejército, para ir de Tetuán a Tánger, tenía que pasar por el desfiladero de Fondac... ¡Cristo, si no es por mí... digo, por *cazadores de Vergara*...! Nos mandó el general que subiéramos a echar de allí a la morralla, y había que vernos, sí, señor, había que vernos... Nos abrasaban desde arriba. Nosotros tan ternes, sube que te sube. Al grupo que cogíamos en medio del monte...

¡carga a la bayoneta!... lo barríamos... Salían de los matojos a la desbandada, como conejos. Una vez en lo alto, pim, pam... aquello no acababa... Yo solo puse patas arriba más de cincuenta.

Mientras con tanta fiereza desalojaban los nuestros al agareno de sus terribles posiciones, en la puerta de la casa, sentadas una frente a otra con familiar llaneza, Cruz y Bernardina platicaban sobre combates menos ruidosos, de los cuales ningún historiador grande ni chico ha de decir jamás una palabra.

«Necesito dos gallinas» —había dicho Cruz como introducción.

—Todas las que la señorita quiera. Escójalas ahora.

—No: escógelas tú bien gordas, y no me las lleves hasta que yo te avise. Es indispensable convidarle a comer un día.

—Según eso, *aquello* marcha.

—Sí; es cosa hecha. Poco antes de salir de casa recibí una esquela de don José, en la cual me dice que anoche quedó todo convenido, y el hombre como unas pascuas de contento. No puedes imaginarte lo que he sufrido y sufro. Para llegar a esto, ¡cuánto discurrir, y qué trabajo tan penoso el de acallar la repugnancia, para no oír más voz que la de la razón, unida a otra voz no menos grave, la de la necesidad! Se hará; no hay más remedio.

—¿Y la señorita Fidela...?

—Se resigna... La verdad, no lo ha tomado por la tremenda, como yo me temí. Puede que haga de tripas corazón, o que comprenda que la familia merece este sacrificio, que bien mirado no es de los más grandes. Sacrificios peores hay, ¿no lo crees tú?

—Sí, señorita... El hombre se va afinando. Ayer le vi y no le conocí, con su chisterómetro acabado de planchar, que parecía un Sol, y levita inglesa... Vaya; a cualquiera se la da... ¡Quién le vio con la camisa sucia de tres semanas, los tacones torcidos, la cara de judío de los pasos de Semana Santa, cobrando los alquileres de la casa de corredor de frente al Depósito!

—Por Dios, cállate, no recuerdes eso. Tapa, tapa.

—Quiero decir que ya no es lo que era, y al igual de su ropa, habrán cambiado el genio y las mañas...

—¡Ah... lo veremos luego! Esas son otras batallas que habrá que dar después.

Ambas volvieron la vista, asustadas por un ruido como de disparos que muy cerca se oía... ¡Pim, pam, pum!

«¡Ah! —exclamó Bernardina riendo—, es mi padre, que le cuenta al señorito las palizas que dieron a los moros.»

—Pues, como te decía, Fidela no me inspira cuidado: se somete a cuanto yo dispongo. ¡Pero lo que es este... el pobrecito ciego!... ¡Si supieras qué disgusto nos ha dado hoy!

—¿No le hace gracia?...

—Maldita... Tan no le hace gracia, que hoy quiso matarse... No transige, no. En él tienen raíz muy honda ciertas ideas... sentimientos de familia, orgullo de raza, la tradición noble... Yo tenía también... eso; pero me lo he ido dejando en las zarzas del camino. A fuerza de caer y arrastrarme, la vulgaridad me ha ido conquistando. Mi hermano sigue en su antigua conformación de persona de alcurnia, enamorado de la dignidad y de otra porción de cosas que no se comen, ni han dado de comer a nadie en días aciagos.

—El señorito Rafael, ¿qué ha de hacer más que lo que las señoras quieran?

—No sé, no sé... Me temo que ha de estallar alguna tempestad en casa. Rafael conserva en su alma el tesón de la familia, como los objetos preciosos que están en los museos. Pero, suceda lo que quiera, lucharemos, y como esto debe hacerse, porque es la única solución, se hará, yo te aseguro que se hará.

Los temblores del labio inferior indicaban la resolución inquebrantable, que convertiría en realidad aquel propósito, desafiando todos los peligros.

«Pues hemos de prepararnos para el hecho con hechos ¿entiendes?... quiero decir que tengo que ir tomando medidas... Verás. El señor de Donoso me ha escrito hoy, asegurándome que ha cerrado el trato, y que el hombre tiene prisa.»

—Es natural.

—Y quiere llevarlo a pasos de carga. Mejor: estos tragos, de una vez y por sorpresa. Cuando la gente se percate, ya está hecho. Excuso decirte que necesitamos prepararnos. Así me lo dice don José, que, comprendiendo las dificultades que en nuestra situación tristísima hallaríamos para esa preparación, me ofrece los recursos necesarios... Claro, en el caso presente, acepto el favor... ¡Qué hombre, qué previsión, qué bondad!... Acepto, sí, por la seguridad de poder reintegrar pronto el anticipo. ¿Te vas enterando?

—Sí señora. Habrá que...

—Sí... Veo que me entiendes. Tenemos que ir sacando...

—Ya sabe que me tiene a su disposición.

—Desde mañana te vas por casa todos los días. No sacaremos todo de golpe por no llamar la atención. Urgen los cubiertos de plata.

—Están en...

—En lo que estuvieren: lo mismo da.

—Calle de Espoz y Mina. Diez meses, si no recuerdo mal.

—Luego, la ropa de cama... los relojes...

—Todo, todo... ¡Y yo que pensé que se perdía...! Como que los réditos subirán...

—Déjalos que suban —dijo Cruz vivamente, queriendo evitar un cálculo enojoso y denigrante—. ¡Ah!, ahora que recuerdo: mañana te daré los diez duros que te debo.

—No corre prisa. Déjelos. Si Cándido se entera, me los quitará para pólvora. Guárdemelos.

—No, no... Quiero saborear el placer, que ya iba siendo desconocido para mí, de no deber nada a nadie —dijo Cruz, iluminado el rostro por una ráfaga de dicha inefable—. Si me parece mentira. A veces me digo: ¿sueño yo? ¿Será verdad que pronto respiraré libre de esta opresión angustiosa? ¿Se acabó este vivir muriendo? ¿El suceso que está al caer, nos traerá bienandanza, o nuevas desgracias y tristezas nuevas, en sustitución de las que se lleva?

VIII

Quedose la señora un rato suspensa, el pensamiento lanzado en persecución del misterioso porvenir, la mirada perdida en el horizonte, que ya empezaba a teñirse de púrpura con el descenso del Sol entre nubes. El labio inferior marcó, con casi imperceptible vibración, el encabritarse de la voluntad. Si era preciso seguir luchando, a luchar sin tregua; las condiciones de la pelea y la disposición del campo serían sin duda alguna muy distintas.

«Ya es tarde. Debemos marcharnos.»

—¿Va la señorita en coche?

—Bien podría hoy volver en simón, y mis pobres piernas lo agradecerían; pero no me atrevo. Tanto lujo pondría en cuidado a Rafael. Iremos en el coche de San Francisco... *(Llamando.)* Rafael, hijo mío, que es tarde... *(Yendo hacia él risueña.)* ¿Qué? ¿Habéis tomado ya toditas las trincheras? De fijo no quedará un moro para contarlo.

—Estábamos —dijo el héroe de Berbería levantándose—, en los mismísimos Castillejos, cuando don Juan Prim...

—Allí murió nuestro primo Gaspar de la Torre-Auñón, capitán de Artillería —indicó Rafael, volviendo el rostro hacia donde sonaba la voz de su hermana—. Es la gloria más reciente de la familia. ¡Dichoso él!... Con que... ¿nos vamos ya?

—Sí, hijo mío.

—Pues... paso redoblado... ¡Marchen!

En aquel momento salió de su taller el pirotécnico, todo tiznado, las manos negras de andar con pólvora, y saludó cortésmente. Mientras Rafael le hablaba del negocio de cohetes, y él maldecía la crisis industrial que afectaba a toda la fabricación de fuegos, haciendo hincapié en la poca protección que daban los Ayuntamientos y Corporaciones a industrias tan brillantes y a diversión tan instructiva para el pueblo, Bernardina, tomándoles la delantera, acompañaba a su ama hasta el boquete de entrada. «¿Llevo mañana las gallinas?»

—No, todavía no. Me llevarás, de las carnicerías de Tetuán, una buena lengua para poner en escarlata...

—Bien.

—Y un buen solomillo.

—¿Quiere chorizo superior... de Salamanca?

—Ya hablaremos de eso.

El polvorista, que se lavó las manos en un santiamén, salió a darles convoy hasta más abajo del Depósito de Aguas. Desde allí a su casa, solitos y agarrados del brazo, tardaron los dos hermanos media hora, que a ella le pareció larga por la prisa que de llegar tenía, y a él por la razón contraria, corta.

Ni Donoso ni Torquemada faltaron aquella noche, siendo muy de notar en este la turbación, el no saber qué decir, ni qué cara poner. Ni media palabra pronunció sobre el grave proyecto, pues don José había encargado a su amigo un silencio prudente sobre aquel arduo punto. Tiempo había de explicarse. Mostrose Rafael seco y glacial en todo el tiempo de la tertulia; pero sin permitirse ninguna inconveniencia. Fidela evitaba el mirar cara a cara a don Francisco, que no la quitaba ojo, congratulándose en su fuero interno de aquel casto rubor de la interesante joven, a quien ya tenía por suya. Hacia la mitad de la velada, el novio fue perdiendo su cortedad; se soltaba, decía cuchufletas, echándoselas de hombre locuaz y que sabe perfilar las frases. Advirtieron todos en él un recrudecimiento de palabras finas, aprendidas en los días últimos, y lanzadas ya en el torbellino del discurso con la seguridad que solo da una larga práctica. Sus amaneramientos de lenguaje saltaban a la vista: si había que manifestar algo del objeto o fin de una cosa, decía *el objetivo*, y en corto tiempo infinidad de *objetivos* salieron a relucir, a veces con dudosa propiedad, verbigracia: «No sé para qué riegan tanto las calles, pues si el *objetivo* es que no haya polvo, *lo que procede* es barrer primero... Pero nadie como nuestro *Municipio* (jamás decía ya el *Ayuntamiento*) para *tergiversar* las operaciones». También reveló un tenaz empeño de que se supiera que sabía decir *por ende, ipso facto*, los *términos del dilema, bajo la base*. Esto principalmente le cautivaba, y todo lo consideraba *bajo* tales o cuales. Notaron asimismo las dos damas que iba adquiriendo soltura; como que al despedirse, lo hizo con cierta gallardía, y Cruz no pudo menos de congratularse de tales progresos. Algo dijo a Fidela, en el momento de salir, que no desagradó a esta: era una galantería que sin duda le había enseñado Donoso. En la cara de este se veía retozar el gozo, sin duda por la satisfacción de aquella conquista por él dichosamente realizada. Había cogido a la fiera con lazo, y de la fiera hacía, con sutil arte de mundo, un hombre, un caballero, quién sabe si un personaje.

Cuando Cruz y Fidela se quedaron solas, después de acostado Rafael, picotearon sobre lo mismo, y la hermana mayor dijo, entre otras cosillas: «¿Verdad que es cada día menos ganso? Esta noche me ha parecido otro hombre».

—También a mí.

—El roce, la conciencia de su nueva posición. ¡Ah!, el hecho de alternar con nosotras obliga, y él no es tonto y procura instruirse. Verás como al fin...

—Pero, ¡ay! —observó Fidela con profunda tristeza—. Rafael no transige. ¡Si vieras lo que me ha dicho ahora cuando se acostaba...!

—No quiero saberlo. Déjame a mí, que yo le aplacaré los humos... Acuéstate, y no pensemos en dificultades, porque se vencerán todas, todas. Lo digo yo, y basta.

Muy inquieto estuvo Rafael toda la noche; tanto, que oyéndole rezongar, levantose Cruz, y descalza se aproximó a su lecho. Él fingía dormir sintiéndola acercarse, y la dama, después de un largo acecho, se retiró intranquila. Al siguiente día, mientras Fidela le peinaba, el ciego, nervioso, mascullaba palabras, y a cada instante quería ponerse en pie.

«Por Dios, estate quietecito: ya te he clavado dos veces el peine en las orejas.»

—Dime, Fidela, ¿qué significan estas entradas y salidas de Bernardina? Llegó esta mañana temprano, cuando yo no me había levantado aún, salió, volvió a entrar, y así sucesivamente. Ahora entra por quinta vez. Parece que lleva y trae no sé qué... ¿Qué recados son estos? ¿Qué ocurre?

—Hijo, no sé. Bernardina trajo una lengua.

—¿Una lengua?

—Sí, para ponerla en escarlata... Y a propósito, hoy comerás un bistec de solomillo riquísimo.

—Sin duda la abundancia reina en la casa —dijo Rafael con sarcasmo—. ¿Pues no sosteníais ayer que la situación es tal, la escasez tan horrible, que no nos queda más remedio que entrar en un asilo? ¿Cómo me compaginas el pedir limosna con la lengua escarlata?

—Toma: nos la regala Bernardina.

—¿Y el solomillo?

—¡No sé!... ¿Pero a ti qué te importa?

—¿Pues no ha de importarme? Quiero saber de dónde vienen esos lujos que se han metido tan de rondón en esta casa de la miseria vergonzante. O no sabéis lo que es dignidad, o tendréis que declarar que os ha caído la lotería. No, no vengáis con componendas: esos son *los términos del dilema*, como diría la bestia, que anoche se traía una de *dilemas* y de *bases* y de *objetivos* que daba risa... Por cierto que no tendréis queja de mí. He respetado a vuestro mamarracho, y no he querido desmandarme en su presencia. Si lo hiciera, me pondría a su nivel. No; mi buena educación jamás medirá armas con su grosería villana.

—Por Dios, Rafael —dijo Fidela, sofocadísima.

—No, si no puedo hablar de otra manera tratándose de ese hombre... Cuando se marcha, el olor de cuadra que deja tras sí parece que lo mantiene en mi presencia. Antes de llegar, cuando sube la escalera, ya le anuncia el olor de cebolla.

—Eso sí que no es verdad. Bah... no digas desatinos.

—Si yo reconozco que vuestro jabalí procura echar pelo fino, y va aprendiendo a ser menos animal, y adquiere cierto parecido con las personas. Ya no escupe en el pañuelo, ya no dice *por mor* ni *mismamente*; ya no se rasca la pantorrilla; que yo sin verlo, sentía un asco... y el ruido de sus uñas me ponía nervioso, como si sobre mi carne las sintiera. Reconozco que hay progresos. Buen provecho para ti y para Cruz. Yo no le acepto ni en basto ni en fino, y la puerta que se abra para darle entrada en casa, se abrirá para darme a mí salida... ¡Qué quieres, soy así! No puedo volverme otro. No he olvidado a mi madre: la tengo aquí... y ella te habla conmigo... No he olvidado a mi padre: le siento en mí, y esto que digo, lo dice él...

Fidela no pudo contener su emoción, y se echó a llorar, sin que con esto se aplacara el ciego, que más excitado con los gemidos de su hermana, siguió atosigándola en esta forma:

«Podrán Cruz y tú hacer lo que quieran. Yo me separo de vosotras. Mucho os he querido y os quiero; me será imposible vivir lejos de ti, Fidela, de ti, que eres el único encanto de esta vida mía, rodeada de tinieblas, de ti que eres para mí la luz, o algo parecido a la luz que he perdido. Me moriré de pena, de soledad; pero jamás autorizaré con mi presencia esta degradación en que vais a caer.»

—Cállate, por Dios... No se hará nada... Le diremos que se vaya al infierno con sus millones. Para vivir, yo me pondré de costurera, mi hermana entrará a servir en casa de algún señor sacerdote o persona grave... ¿Qué importa? Hay que vivir, hermanito... Nos rebajaremos. ¿También eso te enoja?

—Eso no: lo que me subleva es que queráis introducir en mi familia a esa asquerosa sanguijuela del pobre. Esto envilece, no el trabajo honrado. ¡Si yo tuviera ojos, si yo sirviera para algo...! Pero el no servir para nada, el ser una carga y un estorbo no me priva de la dignidad, y otra vez y otra, y ciento y mil, te digo que no cedo, que no consiento, que no me da la gana de entregarte a la bestia infame, y que si persistís, yo me voy a pedir limosna por los caminos...

—¡Jesús, no digas eso! —exclamó espantada la joven corriendo a abrazarle.

Afortunadamente, Cruz ya no estaba en casa. Cuando entró, ya la crisis había pasado, y Rafael, quieto y silencioso en el sitio de costumbre, aguardaba su almuerzo.

«¡Si supieras qué cosita tan buena te he traído! —le dijo Cruz, todavía con la mantilla puesta—. ¿A qué no aciertas?»

El almuerzo, preparado por Bernardina, estaba ya listo y se lo sirvieron afectando una alegría que en ambas era la más dolorosa mueca que es posible imaginar. Comió Rafael con mediano apetito el sabroso y tierno bistec; pero cuando le presentaron la golosina, traída por la misma Cruz de casa de Lhardy, un pedazo de cabeza de jabalí trufada, la rechazó con sequedad, diciendo gravemente: «No puedo comerlo. Me huele a cebolla».

—¿A cebolla? Tú estás loco... ¡Tanto como te gusta!

—Me gusta, sí... pero apesta... No lo quiero.

Las dos hermanas se miraron consternadas. Por la noche repitiose la escena. Había traído también Cruz de casa de Lhardy unas salchichas muy sabrosas, que a Rafael le gustaban extraordinariamente. Resistiose a probarlas.

—Pero hijo...

—Apestan a cebolla.

—Vamos; no desvaríes.

—Es que me persigue el maldito olor de la cebolla... Vosotras mismas lo tenéis en las manos. Se os ha pegado de algo que lleváis en el portamonedas, y que ha venido a casa no sé cómo.

—No quiero contestarte... Supones cosas indignas, Rafael, que no merecen ser tomadas en serio. No tienes derecho a ultrajar a tus pobres hermanas, que darían su vida mil veces por ti.

—Por el decoro de la familia os pido, no las vidas, sino algo que vale mucho menos.

—El decoro de la familia está en salvo... —replicó la mayor de las Águilas con arranque viril—. ¿Acaso eres tú el único depositario de nuestro honor, de nuestra dignidad?

—Voy creyendo que sí.

—Haces mal en creerlo —añadió la dama, con vibración grande del labio inferior—. Ya te pones pesadito, y un poco impertinente. Se te toleran tus genialidades; pero llega un punto, hijo, en que se necesita, para tolerarlas, mayor paciencia y mayor calma de las que yo tengo; y cuenta que las tengo en grado sumo... Basta ya, y demos por terminada esta cuestión. Yo lo quiero así, yo lo mando... lo mando, ¿oyes?

Calló el desdichado, y poco después las dos damas se vestían a toda prisa en su alcoba para recibir a los amigos Torquemada y Donoso. Como Fidela lloriquease, revuelto aún su espíritu por la anterior borrasca, Cruz la reprendió con aspereza: «Basta de blanduras. Esto es ya demasiado tonto. Si nos achicamos, acabará por imponernos su locura. No, no: hay que mostrarle energía y oponer a sus escrúpulos de señorito mimado, una resolución inquebrantable... Ánimo, o se nos viene a tierra el andamiaje levantado con tanta dificultad».

IX

Fue preciso llevar a don José Donoso como parlamentario. Fiadas en la autoridad del amigo de la casa, las dos hermanas le encerraron con Rafael, y aguardaron ansiosas el resultado de la conferencia, no menos grave para ellas que si se tratara de celebrar paces entre guerreras naciones enemigas. Estupendo fue el discurso de don José, y no quedó argumento de agudo filo que no emplease con destreza de tirador diplomático... ¡Ah, no estaban los tiempos para mirar mucho a la desigualdad de los orígenes! Casos mil de tolerancia en punto a orígenes podía citar... Él, *Pepe* Donoso, era hijo de humildes labradores de tierra de Campos, y había casado con Justina, de la familia ilustre de los Pipaones de Treviño, y sobrina carnal del conde de Villaociosa. Y en la propia estirpe de los Águilas, ejemplos elocuentísimos podrían citarse. Su tía (de Rafael) su tía doña Bárbara de la Torre-Auñón, había casado con Sánchez Regúlez, cuyo padre dicen que fue fabricante de albardas en Sevilla. Y en último caso, ¡Señor!, él debía someterse ciegamente a cuanto dispusiera su hermana Cruz, aquella mujer sin par, que luchaba heroicamente por salvarlos a los tres de la miseria... Tocó el hábil negociador varios registros, atacándole ya por la ternura, ya por el miedo, y tan pronto empleaba el blando mimo como la amenaza rigurosa. Mas al fin, afónico de tanto perorar, y exhausto el entendimiento del horroroso consumo de ideas, hubo de retirarse del palenque sin conseguir nada. A su especiosa dialéctica contestaba el ciego con las afirmaciones o negativas rotundas que le sugería su indomable terquedad, y cada cual se quedó con sus opiniones, el uno sin ganar un palmo de terreno, ni perderlo el otro, firme y dueño absoluto en el campo en que bravamente se batía. Terminó Rafael su vigorosa jornada defensiva, asentando con fuertes palmetazos sobre el brazo del sillón y sobre su propio muslo que jamás, jamás, jamás transigiría con aquel sabandijo infame que querían introducir estúpidamente en su honrada familia, y no se recató de emplear tintas muy negras en la breve pintura que del sujeto discutido hizo, sacando a relucir la ignominia de sus riquezas, amasadas con la sangre del pobre...

«¡Pero, hijo, si vamos a buscarle el pelo al huevo...! Tú estás en babia... Te cojo del suelo, y te vuelvo a poner en las pajitas del nido de que acabas de caerte... Sí, porque meterse a indagar de dónde viene la riqueza... es tontería mayúscula. Ven acá... ¿No andan por ahí muchos, que son senadores vitalicios, y hasta marqueses, con cada escudo que mete miedo? ¿Y quién se acuerda de que unos se redondearon vendiendo negros, otros absorbiendo con el chupón de la usura las fortunas desleídas? Tú no vives en la realidad. Si recobraras la vista, verías que el mundo ha marchado, y que te quedaste atrás, con las ideas de tu tiempo amojamadas en la mollera. Te figuras la sociedad conforme al criterio de tu infancia o de tu adolescencia, informadas en el puro quijotismo, y no es eso, Señor, no es eso. Abre tus ojos; digo, los ojos no puedes abrirlos; abre de par en par tu espíritu a la tolerancia, a las transacciones que nos impone la realidad, y sin las cuales no podríamos existir... Se vive de las ideas generales, no de las propias exclusivamente, y los que pretenden vivir de las propias exclusivamente, suelen dar con ellas y con sus cuerpos en un manicomio. He dicho.»

Desconcertado, y sin ganas de proseguir batiéndose con enemigo tan bien guarnecido entre cuatro piedras, otras tantas ideas duras e inconmovibles, abandonó Donoso el campo, con las manos en la cabeza, como vulgarmente se dice. Era para él derrota ignominiosa el no haber triunfado de aquel mezquino ser, a quien en otras circunstancias y por otros motivos habría reducido con una palabra. Pero disimuló ante las dos hermanas el descalabro de su amor propio, tranquilizándolas con vagas expresiones... Adelante con los faroles, que si el joven no cedía por el momento, el tiempo y la lógica de los hechos le harían ceder... Y en último caso, Señor, ¿qué podría el testarudo aristócrata contra la firme voluntad de sus dos hermanas, que veían claro el campo entero de la vida y los caminos abiertos y por abrir? Nada, nada; valor y adelante; no era cosa de subordinar el bien de todos, *el bien colectivo*, a la genialidad mimosa del que no era en la casa más que un niño adorable. Finalmente: como a niño había que tratarle en aquellas graves circunstancias.

Cruz no tenía sosiego. Mientras presurosas arreglaban el comedor, poniendo en su sitio los diversos objetos rescatados y traídos por Bernardina de las casas de préstamos, acordaron suprimir, o por lo menos aplazar, el convite a don Francisco, pues bien podía suceder que surgiera en mitad del festín algún desagradable incidente. Y aquel mismo día, si no mienten las crónicas, recibió Fidela del bárbaro una carta que ambas hermanas leyeron y comentaron, encontrando en ella mejor gramática y estilo de lo que en buena lógica debía esperarse.

«No —dijo Cruz—, si de tonto no tiene nada.»

—Puede que se la haya redactado algún amigo de más práctica que él en cosas de escritura.

—No; suya es: lo juraría. Esos *dilemas*, y esos *objetivos*, y esos *aspectos* de las cosas, lo mismo que las *bases, bajo* las cuales quiere fundar tu felicidad, obra son de su caletre. Pero no está mal la epístola. Pues anoche, hasta ingenioso estuvo el pobre. ¡Y cómo se va soltando, y qué rasgos de buen sentido y observación justa! Te aseguro que hay hombres infinitamente peores, y partidos que solo ganan a este en las mentirosas apariencias.

La casa iba perdiendo de hora en hora su ambiente de miseria. Aparecieron colchas y cortinajes, que arrugados volvían de su larga prisión; ropas de uso, que ya resultaban anticuadas, por aquello de que cambian más pronto las modas que la fortuna; dejáronse ver los cubiertos de plata, por largo tiempo en lastimosa emigración, y vajillas y cristalería que incólumes volvían del largo cautiverio.

De todo se enteraba Rafael, conociendo la vuelta de la loza por el sonido, y la de la ropa por el tufo de alcanfor que al ser desdoblada despedía. Triste y caviloso presenciaba, si así puede decirse, la restauración de la casa, aquella vuelta a las prosperidades de antaño, o a un bienestar que habría sido para él motivo de júbilo, si las causas del repentino cambio fueran otras. Pero lo que le llenaba el alma de amargura era no advertir en su hermana Fidela aquel abatimiento y consternación que él creía lógicos ante el horrendo sacrificio. ¡Incomprensible fenómeno! Fidela no parecía disgustada, ni siquiera inquieta, como si no se hubiese hecho cargo aún de la gravedad del suceso, antes temido que anunciado. Sin duda, los seis años de miseria habíanla retrotraído a la infancia, dejándola incapaz de comprender ninguna cosa seria y de responsabilidad. Y de este modo se explicaba Rafael su conducta, porque la sentía más que nunca tocada de ligereza infantil. En sus breves ratos de ocio, la señorita jugaba con las muñecas, haciendo tomar a su hermano participación en tan frívolo ejercicio, y las vestía y desnudaba, figurando llevarlas a visita, al baño, de paseo y a dormir; comía con ellas mil fruslerías extravagantes, en verdad más propias de mujeres de trapo que de personas vivas. Y cuando no jugaba, su conducta era de una extremada volubilidad; no hacía más que agitarse y correr de un lado para otro, echándose a reír por fútiles motivos, o excitándose a la risa sin motivo alguno. Esto indignaba al ciego, que, adorándola siempre, habríala querido más reflexiva ante las responsabilidades de la existencia, ante aquel atroz compromiso de casarse con un hombre a quien no amaba ni amar podía.

La señorita del Águila, en efecto, veía en su proyectado enlace tan solo una obligación más, sobre las muchas que ya sobre ella pesaban, algo como el barrer los suelos, mondar las patatas y planchar las camisolas de su hermano. Y atenuaba lo triste de esta visión oscura del matrimonio, figurándose también el vivir sin ahogos, el poner un límite a las horrendas privaciones y a la vergüenza en que la familia se consumía.

X

Así lo comprendió Rafael con seguro instinto, y de ello le habló ingenuamente una tarde que se encontraron solos.

«Hermana querida, me estás matando con esa sonrisa inocente, de persona sin seso, que llevas al degolladero. Tú no sabes lo que haces, ni a dónde vas, ni la prueba terrible que te espera.»

—Cruz, que sabe más que nosotros, me ha mandado que no me aflija. Creo que debemos obedecer ciegamente a nuestra hermana mayor, que es para nosotros padre y madre a un tiempo. Cuanto ella dispone, bien dispuesto está.

—¡Cuanto ella dispone! ¿Infalibilidad tenemos? ¿De modo que tú accedes...? Ya no hay esperanza. Te pierdo. Ya no tengo hermana... Pues pensar que yo he de vivir junto a ti, casada con ese hombre, es la mayor locura imaginable. Lo que más quiero en el mundo eres tú. En ti veo a nuestra madre, de quien ya no te acuerdas...

—Sí que me acuerdo.

—¡Ah! Cruz y tú, que conserváis la vista, habéis perdido la memoria. En mí sí que vive fresco el recuerdo de nuestra casa...

—En mí, también... ¡Ah, inuestra casa...! Paréceme que la estoy viendo. Alfombras riquísimas, criados muchos. El tocador de mamá podría yo describírtelo sin que se me olvidase ninguna de las chucherías elegantes que en él veíamos... Diariamente comían en casa veinte personas: los jueves muchas más... ¡Ah!, lo recuerdo todo muy bien, aunque poco alcancé de aquella vida, que en su esplendidez era un poquito triste... No hacía dos meses que me habían traído de Francia cuando estalló el volcán, la quiebra espantosa. Se juntan en mi memoria las visiones risueñas y la impresión de las ruinas... No creas que la desgracia me cogió de sorpresa. Sin saber por qué, yo la presentía. Aquella vida de disipación nunca fue de mi gusto. Bien recuerdo que a Cruz la llamaban los periódicos *el astro esplendoroso de los salones del Águila*; y a mí no sé qué mote extravagante me pusieron... algo así como satélite o qué sé yo... Sandeces que me han dejado un cierto amargor en el alma... La muerte de mamá la recuerdo como si hubiera pasado ayer. Fue del dolor que le produjo el desastre de nuestra casa. A papá le quitó de la mano don José Donoso el revólver con que quería matarse... Murió de tristeza cuatro meses después... ¿Pero qué, lloras? ¿Te lastiman estos recuerdos?

—Sí... Papá no tenía la firmeza estoica que necesitaba para afrontar la adversidad. Era hombre, además, capaz de doblegarse a ciertas cosas, con tal de no verse privado de las comodidades en que había nacido. Mamá no, mamá no era así. Si mamá hubiera alcanzado nuestros tiempos de miseria, los habría sobrellevado con valor y entereza cristiana, sin transigir con nada humillante ni deshonroso, porque a sus muchas virtudes, unía el sentimiento de la dignidad del nombre y de la raza. Entre tantas desdichas, siento yo algo en mí que me consuela y me da esperanza, y es que el espíritu de mi madre se me ha transmitido; lo siento en mí. De ella es este culto idolátrico del honor y de los buenos principios. Fíjate bien, Fidela: en la familia de nuestra madre no hay ningún hecho que no sea altísimamente decoroso. Es una familia que honra a la patria española y a la humanidad. Desde nuestro bisabuelo, muerto en el combate naval del Cabo San Vicente, hasta el primo Feliciano de la Torre-Auñón, que pereció con gloria en los Castillejos, no verás más que páginas de virtud y de cumplimiento estricto del deber. En los Torre-Auñón jamás hubo nadie que se dedicara a estos oscuros negocios de comprar y vender cosas..., mercaderías, valores, no sé qué. Todos fueron señores hidalgos que vivían del fruto de las tierras patrimoniales, o soldados pundonorosos que morían por la Patria y el Rey, o sacerdotes respetabilí-simos. Hasta los pobres de esa raza fueron siempre modelo de hidalguía... Déjame, déjame que me aparte de este mundo y me vuelvo al mío, al otro, al pasado... Como no veo, me es muy fácil escoger el mundo más de mi gusto.

—Me entristeces, hermano. Digas lo que quieras, no puedes escoger un mundo, si no vivir donde te puso Dios.

—Dios me pone en este, en el mío, en el de mi santa madre.

—No se puede volver atrás.

—Yo vuelvo a donde me acomoda... *(levantándose airado.)* No quiero nada de vosotras, que me deshonráis.

—Cállate, por Dios. Ya te da otra vez la locura.

—Te he perdido. Ya no existes. Veo lo bastante para verte en los brazos del jabalí —gritó Rafael con turbación frenética, moviendo descompasadamente los brazos—. Le aborrezco; a ti no puedo aborrecerte; pero tampoco puedo perdonarte lo que haces, lo que has hecho, lo que harás...

—Querido, hijito mío —dijo Fidela abrazándole para que no se golpeara contra la pared—. No seas loco... escucha... Quiéreme como te quiero yo.

—Pues arrepiéntete...

—No puedo. He dado mi palabra.

—¡Maldita sea tu palabra, y el instante en que la diste!... Vete: ya no quiero más que a Dios, el único que no engaña, el único que no avergüenza... ¡Ay, deseo morirme!...

Luchando con él, pudo Fidela llevarle al sillón, donde quedó inerte, anegado en lágrimas. Anochecía. Ambos callaban, y profunda oscuridad envolvió al fin la triste escena silenciosa.

Desde aquel día determinaron las hermanas que Rafael no asistiese a la tertulia, porque si él estaba violentísimo en presencia de Donoso y Torquemada, no era menor la violencia de ellas, temerosas de un disgusto; como que ya en las últimas noches había dirigido el ciego a su futuro cuñado dardos agudísimos, no bien revestidos de las flores de la cortesía. La separación de campos, fue, pues, inevitable. Por indicación del mismo Rafael, poníanle de noche en un cuartito próximo a la puerta, el cual era la pieza más ventilada y fresca de la casa. Naturalmente, se determinó que el ciego no estuviese sin compañía durante las horas de velada, y antes que tenerle solo y aburrido, las dos damas habrían disuelto la tertulia, cerrando la puerta a las dos únicas personas que a ella concurrían. Propuso Rafael que subiera a darle palique un amigo por quien tenía verdadera debilidad, el chico mayor de Melchor el prendero, habitante en la planta baja de la casa. Era Melchorito de lo más despabilado que podría encontrarse a su edad, no superior a dieciocho años, tan corto de estatura como largo de entendimiento; vivaracho, cariñoso y con toda la paciencia y gracia del mundo para entretener al ciego durante largas horas sin aburrirle ni aburrirse. Estudiaba pintura en la Academia de San Fernando, y no se contentaba con llegar a ser menos que un Rosales o un Fortuny. Al dedillo conocía el Museo del Prado; como que había copiado multitud de Vírgenes de Murillo, que bien o mal vendidas le daban para botas y un terno de verano; y como estudio de las sumas perfecciones del arte, *se había metido* con Velázquez, copiando la cabeza del Esopo, y el pescuezo de la Hilandera. La descripción del Museo y el recuento de todas las maravillas que atesora, servíanle para tener embelesado a Rafael, que recordando lo que años atrás había visto, lo veía nuevamente con ajenos ojos. Y de todo aquel Olimpo de la pintura, el ciego prefería los retratos, donde se admiraba tanto la naturaleza como el arte, porque en ellos revivían las personas efectivas, no imaginadas, de antaño. Por ver y examinar retratos, revolvía todas las salas del Museo con su inteligente lazarillo, el cual le prestaba sus ojos, como pueden prestarse unos lentes, y uno y otro se embelesaban ante aquellas nobles figuras, personalidades vivas eternizadas en el arte por Velázquez, Rafael, Antonio Moro, Goya o Van Dyck. Algunas noches, por variar de entretenimiento, Melchorito, que era punto fijo en el paraíso del Teatro Real, y poseía una feliz memoria musical, daba conciertos vocales e instrumentales, cantándole a Rafael trozos de ópera, arias, dúos y piezas de conjunto, no sin agregar a su salmodia todo el colorido orquestal que obtener podía con las modulaciones de boca más extrañas. El ciego ponía de su parte algún bajete o ritornello fácil, por no ser su retentiva filarmónica tan grande como refinado su gusto, y gozaba lo indecible llegando a creer que se hallaba en su butaca del Teatro, como antes llegaba a figurarse que paseaba por las galerías del Museo.

Lo que agradecían las dos damas la complacencia del *chiquillo de abajo*, y lo que admiraban su habilidad, no hay para qué decirlo, pues Rafael era dichoso con tal compañía, y no la cambiara por la de todos los sabios del mundo. Cruz solía asomar sonriente a la puerta del cuarto, para ver la cara radiante de su hermano, mientras el otro, colorado como un pavo, dirigía la orquesta dando la entrada a los trombones, o atacando el sobreagudo de los violines. Volvía la dama a la tertulia diciendo: «Están ahora en el cuarto acto de *Los Hugonotes*». Y poco después: «ya, ya concluye... Se marcha la Reina, porque oigo la marcha real».

Enterado don Francisco por Donoso de la irreducible oposición de Rafael, no le daba importancia; tan ensoberbecido estaba el pobre hombre con su próximo enlace, y con la conciencia de su exaltación a un estado social superior. «¿Con que ese mequetrefe —decía—, no quiere aceptarme por hermano político? *Cúmpleme declarar* que me importa un rábano su oposición, y que tengo cuajo para pasármele a él con todo su orgullo por las narices. Agradezca a Dios que es ciego y no ve, que si tuviera ojos ya le enseñaría yo a mirar derecho y ver quién es quién. Sus pergaminos de *puñales* me sirven a mí para limpiarme el moco... que si yo quiero, ¡cuidado!, pergaminos tendré mejores que los suyos y con más requilorios de nobleza de *ñales*, que me hagan descender de la Biblia pastelera, y de la estrella de los Reyes Magos.»

Pasaron días; arreciaba el calor; y como Torquemada quería llegar lo más pronto posible al *nuevo orden de cosas*, fijose la fecha de la boda para el 4 de Agosto. La familia se trasladaría a la calle de Silva, para lo cual se completó el mueblaje con un comedor de nogal, elegantísimo, escogido por Donoso; y todo habría marchado sobre carriles, si no inquietara a las señoras y al propio don Francisco la actitud de Rafael, petrificado en su intransigencia. No había que pensar en llevarle a la casa matrimonial, a menos que el tiempo suavizase tanto rigor. Si Donoso y Fidela confiaban en la acción del tiempo, y en la imposición de los hechos consumados, Cruz no tenía tal confianza. Discutían sin cesar los tres el difícil problema, no hallándole solución adecuada, hasta que por fin don José propuso una especie de *modus vivendi*, que no pareció mal a sus amigas; esto es, que si Rafael se obstinaba en no vivir bajo el mismo techo que el usurero, él le llevaría a su casa, donde le tendría como a hijo, pudiendo sus hermanas verle siempre que quisieran. Triste pareció la solución, pero admitida fue por ser la menos mala.

Una noche de Julio, Rafael y su amigo platicaban de pintura moderna. Díjole Melchorito que tenía una crítica muy salada y chispeante de los cuadros de la última Exposición; mostró el ciego deseos de que su amigo se la leyera; corrió el otro en busca del folleto; quedose solo el joven del Águila.

No notaron las hermanas la salida del *chiquillo de abajo*, pues como aquella noche no había música, el silencio no les llamó la atención. Con todo, al cabo de un rato, el silencio fue demasiado profundo para no ser advertido. Corrió Cruz al cuartito. Rafael no estaba. Gritó. Acudieron los demás; buscáronle por toda la casa, y el ciego sin aparecer. La idea de que se hubiese arrojado por la ventana al patio, o por algún balcón a la calle, los alarmó un momento. Pero no, no podía ser. Todos los huecos cerrados. Donoso fue el primero que descubrió que la puerta de la escalera estaba abierta. Pensaron que Rafael y su amigo habían bajado a la tienda. Pero en aquel instante subía Melchorito, el cual se maravilló de lo que ocurría.

Bajaron las dos hermanas más muertas que vivas, y tras ellas los dos amigos de la casa. En la plazuela, un guardia les dijo que el señorito ciego había atravesado solo por el jardinillo, dirigiéndose a la calle de las Infantas o a la del Clavel. Preguntaron a cuantas personas vieron; pero nadie daba razón.

Consternadas, resolvieron ir en su busca. ¿Pero a dónde?... No había que perder tiempo. Fidela con Donoso iría por un lado. Cruz con Torquemada por otro... ¿Habría tomado el fugitivo la dirección de Cuatro Caminos? Esta era la opinión más admisible. Pero bien podría haberse dirigido a otra parte. Melchorito y su padre recorrieron presurosos las calles próximas. Nada; no aparecía.

«¡A casa de Bernardina! —dijo Cruz, que conservaba la serenidad en medio de tanta desolación y aturdimiento. Y al punto, como general en jefe indiscutible, empezó a dictar órdenes—: Usted, don Francisco, no nos sirve para nada en este caso. Retírese: le informaremos de lo que ocurra. Tú, Fidela, súbete a casa. Yo me arreglaré sola. Don José y yo por un lado, Melchor padre e hijo por otro, le buscaremos, y por fuerza le hemos de encontrar... ¡Qué locura de chico! Pero conmigo no juega... Si él es terco, yo más. Él a perderse y yo a encontrarle, veremos quién gana..., ¡veremos!»

XI

En cuanto se vio solo Rafael, determinó poner en ejecución el plan que hacía dos semanas embargaba su mente, y para el cual se había preparado con premeditaciones de criminal callado y reflexivo. Desde que ideó la evasión, todas las noches llevaba furtivamente al cuarto su bastón y su sombrero, y se metía en el bolsillo un pedazo de pan, que afanaba con mil precauciones en la comida. Aguardando una ocasión favorable, pasaron noches y noches, hasta que al fin, la salida de Melchorito en busca del folleto de crítica le vino que ni de encargo, porque para mayor facilidad, el pintor y músico, siempre que por breve tiempo bajaba, solía dejar abierta la puerta, a fin de no molestar a las señoras cuando volvía.

No bien calculó que había transcurrido el tiempo necesario para no encontrar a Melchor en la escalera, deslizose con pie de gato, y tanteando las paredes se escurrió fuera sin que sus hermanas le sintiesen. Bajó todo lo a prisa que podía, y tuvo la suerte de que nadie en el portal le viera salir. Conociendo perfectamente las calles, sin ayuda de lazarillo andaba por ellas, con la sola precaución de dar palos en el suelo para prevenir a los transeúntes del paso de un hombre sin vista. Atravesó el jardín, y ganando la calle de las Infantas, que le pareció la vía más apropiada para la fuga, pegado a la fila de casas de los impares, avanzó resueltamente. Para prevenirse contra la persecución, que inevitable sería en cuanto notaran su ausencia, creyó prudente meterse por las calles transversales, tomando un camino de zigzag. «Por aquí no es creíble que vengan a buscarme —decía—; irán por las calles de San Marcos y Hortaleza, creyendo que voy hacia Cuatro Caminos. Y mientras ellas se vuelven locas buscándome por allá, yo me escurro bonitamente por estos barrios, y luego me bajaré a Recoletos y la Castellana.»

¡Oh, qué sensación tan placentera la de la libertad!... Dulce era ciertamente la tiranía de sus hermanas siempre que la ejercieran solas. Con la salvaje y grotesca alimaña que introducido habían en la casa, esta resultaba calabozo, y a la más suave de las esclavitudes era preferible la más desamparada y triste de las libertades.

Avanzaba resueltamente, castigando la acera con su palo, no sin recibir alguno que otro golpe, por la impaciencia que le espoleaba, y la falta de costumbre, pues era la primera vez que andaba solo por las calles y plazuelas. El paso de una acera a otra colmaba la dificultad de su tránsito. Atento al ruido de coches, en cuanto dejaba de sentirlo lanzábase al arroyo, sin solicitar el auxilio de los transeúntes. A esto no habría recurrido sino en un caso extremo, porque consideraba humillante apoyarse en personas extrañas, mientras tuviera manos con que palpar, y bastón con que abrirse paso a través de las tinieblas.

Al llegar a Recoletos saboreó la frescura del ambiente que de los árboles surgía, y su gozo aumentó con la grata idea de independencia en aquellas anchuras, pudiendo tomar la dirección más de su gusto, sin que nadie le marcase el camino ni le mandara detenerse. Tras corta vacilación, dirigiose a la Castellana por el andén de la derecha, para lo cual tuvo que orientarse cuidadosamente, buscando con cautela de náutico la derrota más segura para atravesar la plaza de Colón. Su oído sutil le anunciaba los coches lejanos, y sabía aprovecharse del momento propicio para pasar sin tropiezo. Avanzó por el andén, respirando con delicia el aire tibio, impregnado de emanaciones vegetales, con ligero olor de tierra humedecida por el riego. Y más que nada le embelesaba la dulcísima libertad, aquel andar *de por sí*, sin agarrarse al brazo de otra persona, la certidumbre de no parar hasta que su voluntad lo determinase, y de estarse así toda la noche, bañando su alma y su cuerpo en la intemperie, sin sentir sobre su cabeza otro techo que el santo cielo, en el cual, con los ojos del alma veía sin fin de estrellas que le contemplaban con cariño y le alentaban en su placentera vagancia. Antes que vivir con Torquemada, resignaríase el pobre ciego a todos los inconvenientes de la vida vagabunda, sin más amigo que la soledad, un banco por lecho y el firmamento por techumbre. Antes que aceptar a la bestia zafia y villana, aceptaría el sustentarse de limosna. ¡La limosna! Ni la idea ni la palabra le asustaban ya. La pobreza a ningún ser envilecía; solicitar la caridad pública, no teniendo otro recurso, era tan noble como ejercerla. El mendigo de buena fe, el infeliz que pedía para no morirse de hambre, era el hijo predilecto de Jesucristo, pobre en este mundo, rico de inmortales riquezas en el otro... Pensando en esto, concluyó por *sentar el principio*, como diría la bestia, de que, para su honrada profesión de ciego mendicante, le vendría bien un perro. ¡Ay, cómo le gustaban los perros! Daría en aquel momento un dedo de la mano por tener un fiel amigo a quien acariciar, y que le acompañase calladito y vigilante. Consideró luego que para solicitar eficazmente la limosna, le convendría tocar algo; es decir, poseer alguna habilidad musical. Recordó con pena que el único instrumento que manejaba era el acordeón; pero sin pasar de las cuatro notas de la *donna e mobile*, y aun este pasajillo no sabía concluirlo... En fin, que para desgarrar los oídos del transeúnte, valía más no tocar nada.

Sentose en un banco, dejando pasar el tiempo en dulce meditación, durante la cual sus hermanas se le representaron en término muy remoto, alejándose más cada vez, y borrándose en el espacio. O se habían muerto Cruz y Fidela, o se habían ido a vivir a otro mundo que no se podía ver desde este. Y en tanto, no había formado plan ninguno para pasar la noche. Tan solo pensó vagamente que cuando le rindiera el sueño iría a pedir hospitalidad al polvorista. Pero no, no... mejor era dormir al raso, sin solicitar favores de nadie, ni perder, por la gratitud, aquella santa independencia que le hacía dueño del mundo, de la tierra y del cielo.

De pronto le asaltó una idea, que le hizo estremecer. Husmeaba el aire como un sabueso que busca el rastro de personas o lugares. «Sí, sí, no me

130

queda duda —se dijo—. Sin proponérmelo, sin pensar en ello, he venido a sentarme frente a mi casa, frente al hotel que fue de mis padres... Paréceme que no me equivoco. El trecho recorrido desde la plaza de Colón es la distancia exacta. Conservo el sentido de la distancia, y además, no se qué instinto, o más bien doble vista me dice que estoy aquí, frente al palacio donde vivimos en los tiempos de felicidad, breves si los comparo con nuestra insoportable miseria.» Trémulo de emoción, quiso cerciorarse por el tacto, y avanzó, traspasando con cautela el seto, hasta llegar a una verja, que hubo de reconocer cuidadosamente. Se le anudó la voz en la garganta al adquirir la certidumbre que buscaba. «Estos son, estos —se dijo—, los hierros de la verja... La estoy viendo, pintada de verde oscuro, con las lanzas doradas... La conozco como conocería mis propias manos. ¡Oh, tiempos! ¡Oh, lenguaje mudo de las cosas queridas!... No sé qué siento, la resurrección dentro de mí de un pasado hermoso y triste, ahora más triste por ser pasado... Dios mío, ¿me has traído a este lugar para confortarme o para hundirme más en el abismo negro de mi miseria?»

Limpiándose las lágrimas volvió al banco, y humillada la frente sobre las manos, suscitó en su mente con vigor de ciego la visión del pasado. «Ahora viven aquí —se dijo exhalando un gran suspiro— los marqueses de Mejorada del Campo. Se me figura que poco han cambiado el hotel y el jardín. ¡Qué hermosos eran antes!» Sintió que se abría la verja para dar paso a un coche.

«De seguro van ahora al Teatro Real. Mi mamá iba siempre a esta hora, tardecito, y llegaba al acto tercero. Jamás oía los dos primeros actos de las óperas. Estábamos abonados a la platea número 7. Paréceme que veo la platea, y a mi mamá, y a Cruz, y a las primas de Rebolledo, y que estoy yo en la butaca número 2 de la fila octava. Sí, yo soy, yo, yo, aquel que allí veo, con mi buena figura de hace ocho años..., y ahora, vengo al palco de mi madre, y la riño por no haber ido antes... No sé por qué me suben a la boca, al recordarlo, dejos de aburrimiento. ¿Era yo feliz entonces? Voy creyendo que no.»

Pausa. «Desde donde estoy, vería yo, si no fuera ciego, la ventana del cuarto de mi madre... Paréceme que entro en él. ¡Qué se haría de aquellos tapices de Gobelinos, de aquella rica cerámica *viejo Viena* y *viejo Sajonia*! Todo se lo tragó el huracán. Arruinados, pero con honra. Mi madre no transigía con ninguna clase de ignominia. Por eso murió. Ojalá me hubiera muerto yo también, para no asistir a la degradación de mis pobres hermanas. ¿Por qué no se murieron ellas entonces? Dios quiso sin duda someterlas a todas las pruebas, y en la última, en la más terrible, no han sabido sobreponerse a la flaqueza humana, y han sucumbido. Se rinden ahora, después de haber luchado tanto; y aquí tenemos al diablo vencedor, con permiso de la Divina Majestad, que es quien a mí me inspira esta resolución de no rendirme, prefiriendo al envilecimiento la soledad, la vagancia, la mendicidad... Mi madre está conmigo. Mi padre también... aunque no sé, no sé si en el caso presente, hallándose vivo, se habría dejado tentar de... Mucha influencia tenía sobre él Donoso, el amigo leal antes, y ahora el corruptor de la familia. Contaminose mi padre del mal de la época, de la fiebre de los negocios, y no contento con su cuantioso patrimonio, aspiró a ganar colosales riquezas, como otros muchos... Comprometido en empresas peligrosas, su fortuna tan pronto crecía como mermaba. Ejemplos que nunca debió seguir le perdieron. Su hermano y mi tío había reunido un capitalazo comprando bienes nacionales. La maldición recayó sobre los que profanaban la propiedad de la Iglesia, y en la maldición fue arrastrado mi padre... A mamá, bien lo recuerdo, le eran horriblemente antipáticos los negocios, aquel fundar y deshacer sociedades de crédito, como castillos de naipes, aquel vértigo de la Bolsa, y entre mi padre y ella el desacuerdo saltaba a la vista. Los Torre-Auñón aborrecieron siempre el compra y vende, y los agios oscuros. Al fin los hechos dieron razón a mi madre, tan inteligente como piadosa; sabía que la ambición de riquezas, aspirando a poseerlas fabulosas, es la mayor ofensa que se puede hacer al Dios que nos ha dado lo que necesitamos y un poquito más. Tarde conoció mi padre su error, y la conciencia de él le costó la vida. La muerte les igualó a todos, dejándonos a los vivos el convencimiento de que solo es verdad la pobreza, el no tener nada... Desde aquí no veo más que humo, vanidad, y el polvo miserable en que han venido a parar tantas grandezas, mi madre en el Cielo, mi padre en el Purgatorio, mis hermanas en el mundo, desmintiendo con su conducta lo que fuimos, yo echándome solo y desamparado en brazos de Dios para que haga de mí lo que más convenga.»

XII

Pausa. «¡Qué hermoso era el jardín de mi casa!... y lo será todavía, aunque oí que le han quitado una tercera parte para construir casas de vecindad. ¡Qué hermoso era el jardín, y qué horas tan gratas he pasado en él!... Paréceme que entro en el hotel y subo por la escalera de mármol. Allí las soberbias armaduras que poseía mi padre, adquiridas de la casa de San Quintín, parientes de los Torre-Auñón. En el despacho de mi padre están Donoso, don Manuel Paz, el general Carrasco, que delira por los negocios, y envainando para siempre su espada se dedica a hilvanar ferrocarriles, el exministro García de Paredes, Torres, el agente de Bolsa, y otros puntos... Allí no se habla más que de combinaciones financieras que no entiendo... Me aburro, se ríen de mí; me llaman *don Galaor*... Insultan en mí a la diplomacia, que el general llama, remedando a Bismarck, *vida de trufas y condecoraciones*... Me largo de allí. Paréceme que veo el despacho con su chimenea monumental, y en ella un bronce magnífico, reproducción del Colleone de Venecia. En los *stores* bordados los escudos de Torre-Auñón y del Águila. La alfombra, de lo más rico de Santa Bárbara, es profanada por los salivazos del agente de Bolsa, que al entrar y al salir parece que se trae y se lleva en la cartera toda la riqueza fiduciaria del mundo... Y todo eso es ahora polvo, miseria; y los gusanos le ajustan a mi padre la cuenta de sus negocios... Torres el agente se pegó un tiro en Monte Carlo tres años después, y el general anda por ahí miserable, paseando su hemiplejia del brazo de un criado. Solo viven él y Donoso, petrificado en su suficiencia administrativa, que a mí me carga tanto, aunque me guardo muy bien de decírselo a mis hermanas, porque me comerían vivo.»

Pausa... «¡Oh, qué linda era Cruz, qué elegante y qué orgullosa, con legítimo y bien medido orgullo! La llamábamos *Croisette*, por la estúpida costumbre de decirlo todo en francés. Fidela, al venir de Francia, nos encantaba con su volubilidad. ¡Qué ser tan delicado, y qué temperamento tan vaporoso! Diríase que no estaba hecha de nuestra carne miserable, sino de substancias sutiles, como los ángeles que nunca han puesto los pies en el suelo. Ella los ponía por gracia especial de Dios, y podía creerse que al tocarla se nos desbarataba entre las manos, trocándose en vapor impalpable. Y ahora... ¡Santo Dios!, ahora... allá la miro metida en fango hasta el cuello. He querido sacarla... No se deja. Le gusta la materia. Buen provecho le haga...

Cuando yo me fui a la Embajada de Alemania, que entonces era todavía Legación, salí de casa con el presentimiento de que no había de volver a ver a mi madre. Esta se empeñó en que no me llevara a *Toby*, el perro danés que me regaló el primo Trastamara. ¡Pobre animal! Nunca me olvidaré de la cara que puso al verme partir. Murió de enfermedad desconocida, dos días antes que mi madre... Y ahora que me acuerdo: ¿a dónde habrá ido a parar el bueno de Ramón, aquel criado fiel, que tan bien entendía mis gustos y caprichos? Cruz me dijo que puso un comercio de vinos en su pueblo, y que fabricando Valdepeñas ha hecho un capital... Él tenía sus ahorros. Era hombre muy económico, aunque no sisaba como aquel bribón de Lucas, el mozo de comedor, que hoy tiene un *restaurant* de ferrocarril. Con los cigarros que le robaba a mi padre, compró una casa en Valladolid, y con lo que sisaba en el *Champagne* sacó para establecer una fábrica de cerveza.»

Pausa. «¿Qué hora será?... ¿Pero qué me importa a mí la hora, si soy libre, y el tiempo no tiene para mí ningún valor? Mi hotel no duerme aún. Siento rumores en la portería. Los criados arman tertulia con el portero, esperando la vuelta de la señora... Ya, ya me parece que siento el coche. Es la hora de salir del Real, la una menos cuarto, si no ha sido ópera larga. Wagner y su escuela no nos sueltan hasta la una y tres cuartos... Ya está ahí... abren la verja... entra el coche. ¡Si me parece que estoy en mis tiempos de señorito! El mismo coche, los mismos caballos, la noche igual, con las mismas estrellas en el cielo... para quien pueda verlas... Ya cierran. El hotel se entrega al sueño como sus habitantes... Yo siempre principio a sentir...»

Más que sueño, lo que empezaba a sentir era hambre, y echando mano al zoquete de pan que llevaba en el bolsillo, dio principio a su frugal cena, que le supo más rica que cuantos manjares delicados solía llevarle Cruz de casa de Lhardy.

«¡Qué apuradas andarán mis hermanas buscándome! —dijo, comiendo despacito—. Fastidiarse. Os habíais acostumbrado a que yo fuese un cero, siempre un cero. Convenido: soy cero, pero os dejo solas, para que valgáis menos. Y yo me encastillo en mi dignidad de cero ofendido, y sin valer nada, absolutamente nada para los demás, me declaro libre y quiero buscar mi valor en mí mismo. Sí, señoras del Águila y de la Torre-Auñón: arreglad ahora vuestro bodorrio como gustéis, sin cuidaros del pobre ciego... ¡Ah, vosotras tenéis vista; yo no! Mi desdicha se compensa con la inmensa ventaja de no poder ver a la bestia. Vosotras la veis, la tenéis siempre delante, y no podéis libraros de su grotesca facha, que viene a ser vuestro castigo... ¡Qué rico está este pan!... ¡Gracias a Dios que he perdido al comer aquella sensación mortificante del olor de cebolla!»

Sintió sueño, y se estiraba en el banco buscando la postura menos incómoda, haciendo almohada del brazo derecho, cuando se le acercó un pobre, que arrastraba un pie como si fuera bota a medio poner, y alargaba en vez de mano, para pedir limosna, un muñón desnudo y rojo. La voz bronca del mendigo hizo estremecer a Rafael, que se incorporó diciéndole:

«Perdone, hermano. Yo soy pobre también, y si no he pedido todavía es por la falta de costumbre. Pero mañana, mañana pediré.»

—¿Es usted por casualidad ciego? —dijo el otro, desesperanzado de obtener limosna.

—Para servir a usted.

—Estimando.

—Si hubiera venido usted un poquito antes, habríale dado parte del pan que acabo de comerme. Pero lo que es dinero no puedo darle. No llevo sobre mí moneda alguna, ni perro grande ni chico... Soy más pobre que nadie. He venido ¡ay!, muy a menos. Y usted, ¿qué es?

—¿Cómo que qué soy?

—Quiero decir si es usted también ciego.

—No, gracias a Dios. No soy más que cojo; pero de los dos cabos, y manco de la derecha... La perdí dando un barreno.

—Por la voz, me parece que es usted viejo.

—Y usted muy parlanchín. ¡Porras!, como todos los ciegos, que echan el alma y los hígados por la pastelera lengua.

—Dispense usted que no le conteste en ese lenguaje ordinario. Soy persona decente.

—Sí, ya se ve... ¡Persona decente! Yo también lo fui. Mi padre tenía catorce pares.

—¿De qué?

—De mulas.

—¡Ah!... creí que de bemoles... ¿Con que mulas? Pues eso no es nada en comparación de lo que tuvo el mío. Ese palacio que está frente a nosotros, si hablara, no me dejaría mentir.

—¡Porras *maúras*! ¿A que va a decir que es suyo el palacio?

—Digo que lo fue; la verdad...

—Mecachis, y que se lo limpiaron los usureros. Como a mí, como a mi padre, que era mayorazgo, y por tomar dinero a rédito para meterse en negocios nos dejó más pobres que las ratas.

—¡Los malditos negocios, el compra y vende!... Y henos aquí a los hijos pagando las culpas de la ambición de los padres. Ahora pedimos limosna, y de seguro los que nos empobrecieron pasan a nuestro lado sin darnos una triste limosna. Pero Dios no nos desampara, ¿verdad? Donde menos se piensa salta una persona caritativa. Hay almas caritativas. Dígame usted que las hay, pues yo, la verdad, no quisiera morirme de hambre por esas calles.

—¿No tiene familia?

—Mis hermanas, hombre de Dios. Pero no quiero nada con ellas.

—Ya, ¡contra!, le han desamparado ¡porras verdes! Como a mí, lo mismo que a mí.

—¿Sus hermanas?

—No... ¡pior, pior! —dijo el otro con una voz bronca y arrastrada, que parecía extraer con gran trabajo de lo más hondo de su cuerpo—. ¡Son mis hijas las que me pusieron en la calle!

—¡Ja, ja, ja! ¡Sus hijas! —exclamó Rafael, acometido de violentísimas ganas de reír—. Y dígame, ¿son señoras?

—¿Señoras? —dijo el otro con todo el sarcasmo que cabe en la voz humana—. Señoras del pingajo y damas del tutilimundi. Son...

—¿Qué?

—Púas coronadas... Agur.

Y se fue, arrastrando la pata, echando demonios por su boca, entre gruñidos bestiales, babeándose como un perro con moquillo.

—Pobre señor... —murmuró Rafael, volviendo a tomar la postura de catre—. Sus hijas, por lo que dijo, son... ¡Qué abismos nos revela el fondo de la miseria cuando bajamos a él! Si yo me durmiera, ahogaría en mi cerebro ideas que me mortifican. Probaremos. Más duro es esto que mi cama; pero no me importa. Conviene acostumbrarse al sufrimiento... ¡Y vaya usted a saber ahora con qué me desayunaré mañana! Lo que Dios me tenga reservado, café o chocolate, o mendrugo de pan, él lo sabe, en alguna parte estará... ¿No se desayunan los pájaros? Pues algo ha de haber también para mí...

Quedose aletargado, y tuvo un sueño breve con imágenes intensísimas. En corto tiempo soñó que se hallaba en el vestíbulo del hotel cercano, tendido en un banco de madera. Vio entrar a su padre con gabán de pieles, accidente de invierno que no le chocaba a pesar de hallarse en pleno verano. Su padre se maravilló de verle en tal sitio, y le dijo que saliese a comprar diez céntimos de avellanas. ¡Cuánto disparate! Aun soñando, discurría que todo aquello no tenía sentido. Después salió el perro danés aullando, con una pata rota y el hocico lleno de sangre. En el momento de abalanzarse en socorro del pobre animal, despertó. En un tris estuvo que se cayera del banco de piedra.

Le dolían los huesos; el frío empezaba a molestarle, y su estómago no parecía conforme con pasar toda la noche al raso sin más sustento que un pedazo de pan. Para sobreponerse al clamor de la Naturaleza desfallecida, salió de estampía por el paseo adelante, tropezando con los árboles, y besando el santo suelo en dos o tres tumbos que dio al perder el equilibrio. Pero supo sacar fuerzas de flaqueza, y sostener el cuerpo con los bríos del ánimo. «Vamos, Rafael, no seas niño; a la primera contrariedad, ya estás aturdido y sin saber qué camino tomar. Pronto ha de amanecer, y o mucho me engaño, o Dios, que vela por mí, ha de depararme un alma caritativa. No siento pasos... Debe de ser la madrugada. ¡Qué soledad! ¿Cómo podría enterarme de que ha salido el Sol, o de que va a salir? ¡Ah!, siento cantar un gallo, anunciando el día. Será ilusión tal vez, pero me parece que es el gallo de Bernardina el que canta. Y otra vez, y otra... No, son muchos gallos, todos los gallos de estos contornos que dicen a su manera: "Basta ya de noche..."» Lo que no siento aún es el gracioso piar de los pajarillos. No, no amanece todavía. Más adelante, en otro banco, podré dormir otro poquito, y cuando los pájaros me avisen, dejaré las ociosas plumas, digo, la ociosa berroqueña... Adelante, y valor. De seguro que ninguna de estas avecillas que ahora duermen inocentes en el ramaje que se extiende sobre mi cabeza, se preocupa ni poco ni mucho de lo que ha de comer cuando despierte. El desayuno, en alguna parte está. Las almas caritativas duermen también ahora, y dormirán la mañanita; pero de fijo no faltará alguna que madrugue.

Hacia el fin de la Castellana, volvió a darse su ración de banco; mas no pudo pegar los ojos, ni siquiera sosegar sus cansados huesos. Dos perros vagabundos se llegaron a él, y le olieron y le hocicaron. Quiso Rafael retenerles con voz cariñosa; pero los dos animales, que debían de estar dotados de gran penetración y agudeza, entendieron que de allí muy poco o nada sacarían. Después de infringir ambos sosegadamente, en el banco del ciego, las ordenanzas de policía urbana, se fueron en busca de aventura más provechosa.

Levantose Rafael al rayar la aurora, cuya claridad saludaron las avecillas, y restregándose las manos para proveerse de un poco de calor, que supliera bien que mal la falta de alimento, echó a andar y desentumeció sus piernas. El valor no le abandonaba; pero iba comprendiendo que la iniciación en el oficio de mendigo tiene sus contras, y que el aprendizaje había de ser para él durísimo. ¡Qué bien le habría venido en aquella hora un poco de café! Pero las almas caritativas no parecieron con la provisión del precioso líquido. Pasos de hombres y brutos oyó en dirección al centro de Madrid: eran trajinantes, mercaderes de hortalizas y huevos que llevaban frutas a la plaza. Sintió el ruido de cántaros de leche que chocan con el movimiento de la caballería que los conduce. ¡De buena gana se habría él tomado un vasito de leche! ¿Pero a quién, ¡Santo Dios!, se lo había de pedir? Gentes de pueblo pasaron al lado suyo sin hacerle caso. De fijo que si él se lanzara a pordiosero, alguien le daría. «Pero el mérito grande de las almas caritativas —pensó—, será que me socorran sin que yo pase por la vergüenza de pedirlo.» Por desgracia suya, en aquel tímido ensayo de mendicidad, las almas compasivas se abstenían de socorrer a un necesitado que no empezaba por marear al transeúnte con enfadosos reclamos de limosna. Largo trecho anduvo desorientado, sin saber a dónde iba, y al fin el cansancio y el hambre determinaron en su espíritu el propósito de pedir albergue a Bernardina; pero al hacer esta concesión a la dura necesidad, quería engañarse y dar satisfacciones a su entereza diciéndose: «No, si no haré más que tomar un bocadillo y seguir luego. A la calle otra vez, al camino».

No le fue tan fácil encontrar el rumbo. Pero si sentía cortedad para implorar limosna, no la sentía para pedir informes topográficos. «¿Voy bien por aquí a Cuatro Caminos?» Esta pregunta, sin número de veces repetida y contestada, fue la brújula que le señaló la derrota por campos, carreteras y solares baldíos, hasta que dio con sus cansados huesos en el corralón de los Valientes.

XIII

Viole Bernardina antes que traspasara el hueco del portalón, y salió a recibirle con demostraciones de vivo contento, mirándole como un aparecido, como un resucitado. «Dame café —le dijo el ciego con trémula voz—. Siento... nada más que un poquito de debilidad.» Llevole adentro la fiel criada, y con rara discreción se abstuvo de decirle que la señorita Cruz había estado tres veces durante la noche buscándole, muerta de ansiedad. Mucha prisa corría comunicar el hallazgo a las angustiadas señoras; pero no urgía menos dar al fugitivo el desayuno que con tanta premura pedían la palidez de su rostro y el temblor de sus manos. Con toda la presteza del mundo preparó Bernardina el café, y cuando el ciego ávidamente lo tomaba, dio instrucciones a Cándido para que le retuviese allí, mientras ella iba a dar parte a las señoras, que sin duda le creían muerto. Lo peor del caso era que Hipólito Valiente, el héroe de África, estaba aquel día de servicio. «Ya que no tenemos aquí al viejo, que sabe embobarle con historias de batallas —dijo Bernardina a su marido—, entreténle tú como puedas. Cuéntale lo que se te ocurra; inventa mentiras muy gordas. No seas bruto... En fin, lo que importa es que no se nos escabulla. Como quiera salir, le sujetas, aunque para ello tengas que amarrarle por una pata.»

Rafael no mostró después del desayuno deseos de nuevas correrías. Estaba tan decaído de espíritu y tan alelado de cerebro, que sin esfuerzo alguno le pudo llevar Cándido al taller de polvorista donde trabajaba. Hízole sentar en un madero, y siguió el hombre en su faena de amasar pólvora y meterla en los cilindros de cartón que forman el cohete. Su charla continua, a ratos chispeante y ruidosa como las piezas de fuego que fabricaba, no sacó a Rafael de su sombría taciturnidad. Allí se estuvo con quietud expectante de esfinge, los codos en las rodillas, los puños convertidos en sostén de las quijadas, que parecían adheridas a ellos por capricho de Naturaleza. Y oyendo aquel rum rum de la palabra de Valiente, que era un elogio tan enfático como erudito del arte pirotécnico; y sin enterarse de nada, pues la voz del polvorista entraba en su oído, pero no en su entendimiento, se iba engolfando en meditaciones hondísimas, de las cuales le sacó súbitamente la entrada de su hermana Cruz y de don José Donoso. Oyó la voz de la dama en el corralón: «¿Pero dónde está?». Y cuando la sintió cerca, no hizo movimiento alguno para recibirla.

Cruz, cuyo superior talento se manifestaba señaladamente en las ocasiones críticas, comprendió al punto que sería inconveniente mostrar un rigor excesivo con el prófugo. Le abrazó y besó con cariño, y don José Donoso le dio palmetazos de amistad en los hombros, diciéndole: «Bien, bien, Rafaelito. Ya decía yo que no te habías de perder... que ello ha sido un bromazo... Tus pobres hermanas muertas de ansiedad... Pero yo las tranquilizaba, seguro de que parecerías».

—¿Sabes que son tus bromas pesaditas? —dijo Cruz sentándose a su lado—. ¡Vaya que tenernos toda la noche en aquella angustia! Pero en fin, la alegría de encontrarte compensa nuestro afán, y de todo corazón te perdono la calaverada... Ya sé que Bernardina te ha dado el desayuno. Pero tendrás sueño, pobrecillo. ¿Dormirías un rato en tu camita?

—No necesito cama —declaró Rafael con sequedad—. Ya sé lo que son lechos duros, y me acomodo perfectamente en ellos.

Habían resuelto Donoso y Cruz no contrariarle, afectando ceder a cuanto manifestara, sin perjuicio de reducirle luego con maña. «Bueno, bueno —manifestó Cruz—; para que veas que quiero todo lo que tú quieras, no contradigo esas nuevas opiniones tuyas sobre la dureza de las camas. ¿Es tu gusto? Corriente. ¿Para qué estoy yo en el mundo más que para complacerte en todo?»

—Justo —dijo don José revistiendo su oficiosidad de formas afectuosas—. Para eso estamos todos. Y ahora, lo primero que tenemos que preguntar al fugitivo es si quiere volver a casa en coche o a pie.

—¡Yo... a casa! —exclamó Rafael con viveza, como si oído hubiera la proposición más absurda del mundo.

Silencio en el grupo. Donoso y Cruz se miraron, y en el mirar solo se dijeron: «No hay que insistir. Sería peor».

—¿Pero en dónde estarás como en tu casa, hijo mío? —dijo la hermana mayor—. Considera que no podemos separarnos de ti, yo al menos. Si se te antoja vagabundear por los caminos, yo también.

—Tú, no... Déjame... Yo me entiendo solo.

—Nada, nada —expuso Donoso—. Si Rafael, por razones, o caprichos, o genialidades que no discuto ahora, no señor, no las discuto; si Rafael, repito, no quiere volver a su casa, yo le ofrezco la mía.

—Gracias, muchas gracias, señor don José —replicó desconcertado el ciego—. Agradezco su hospitalidad; pero no la acepto... Huésped molestísimo sería...

—Oh, no.

—Y créanme a mí... En ninguna parte estaré tan bien como aquí.

—¡Aquí!

Volvieron a mirarse Donoso y Cruz, y a un tiempo expresaron los ojos de ambos la misma idea. En efecto, aquel deseo de permanecer en casa de Bernardina era una solución que por el momento ponía fin a la dificultad surgida; solución provisional que daba espacio y tiempo para pensar descansadamente en la definitiva.

«¡Vaya, qué cosas tienes! —dijo Cruz, disimulando su contento—. ¡Pero hijo, aquí!... En fin, para que veas cuánto te queremos, transijo. Yo sé transigir; tú no, y a todos nos haces desgraciados.»

—Transigiendo se llega a todas partes —declaró don José, dando mucha importancia a su sentencia.

—Bernardina tiene un cuarto que se te puede arreglar. Te traeremos tu cama. Fidela y yo turnaremos para acompañarte... Ea, ya ves cómo no soy terca, y me doblego, y... Conviene, en esta vida erizada de dificultades, no encastillarnos en nuestras propias ideas, y tener siempre en cuenta las de los demás, pues eso de creer que el mundo se ha hecho para nosotros solos es gran locura... Yo, ¡qué quieres!, he comprendido que no debo contrariarte en ese anhelo tuyo de vivir separado de nosotras... Descuida, hijo, que todo se arreglará... No te apures. Vivirás aquí, y vivirás como un príncipe.

—No es preciso que me traigan mi cama —indicó Rafael, entrando ya en familiar y cariñoso coloquio con su hermana mayor—. ¿No tendrá Bernardina un catre de tijera? Pues me basta.

—Quita, quita.. Ahora sales con querer pintarla de ermitaño. ¿A qué vienen esas penitencias?

—Si nada cuesta traer la camita —apuntó don José.

—Como quieran —manifestó el ciego, que parecía dichoso—. Aquí me pasaré los días dando vueltas por el corralón, conversando con el gallo y las gallinas; y a ratos vendré a que Cándido me enseñe el arte de polvorista... no vayan a creer ustedes que es cualquier cosa ese arte. Aprenderé, y aunque no haga nada con las manos, bien puedo sugerirle ideas mil para combinar efectos de luz, y armar los ramilletes, y los castillos y todas esas hermosas fábricas de chispas, que tanto divierten al respetable público.

—Bueno, bueno, bueno —clamaron a una Donoso y Cruz, satisfechos de verle en tan venturosa disposición de ánimo.

Brevemente conferenciaron la dama y el fiel amigo de la casa, sin que Rafael se enterase. Ello debió de ser algo referente a la traída de la cama y otros objetos de uso doméstico. Despidiose Donoso abrazando al joven ciego, y este volvió a caer en su murria, presumiendo que su hermana, al hallarse sola con él, le hablaría del asunto que causaba las horribles desazones de todos.

«Vámonos a la casa —dijo Cruz, cogiendo del brazo a su hermano—. Tengo miedo de estar aquí, señor Valiente... No es desprecio de su taller, es... que no sé cómo hay quien tenga tranquilidad en medio de estas enormes cantidades de pólvora. Supóngase usted que por artes del enemigo cae una chispa...»

—No, señorita, no es posible...

—Cállese usted. Solo de pensarlo, parece que me siento convertida en pavesas. Vamos, vámonos de aquí. Antes, si te parece, daremos un paseíto por el corralón. Está un día precioso. Ven, iremos por la sombra.

Lo que el señorito del Águila recelaba era cierto. La primogénita tenía que tratar con él algo muy importante, reciente inspiración sin duda, y último arbitrio ideado por su grande ingenio. ¿Qué sería?

«¿Qué será?» —pensó el ciego temblando, pues todo su tesón no bastaba para hacer frente a la terrible dialéctica de su hermana. Principió esta por encarecer las horrendas amarguras que ella y Fidela habían pasado en los últimos días, por causa de la oposición de su querido hermano al proyecto de matrimonio con don Francisco.

—Renunciad a eso —dijo prontamente Rafael—, y se acabaron las amarguras.

—Tal fue nuestra idea... renunciar, decirle al buen don Francisco que se fuera con la música a otra parte, y que nos dejase en paz. Preferimos la miseria con tranquilidad a la angustiosa vida que ha de traernos el desacuerdo con nuestro hermano querido. Yo dije a Fidela: «Ya ves que Rafael no cede. Cedamos nosotras, antes que hacernos responsables de su desesperación. ¡Quién sabe! Cieguecito, puede que vea más que nosotras. ¿Su resistencia será aviso del Cielo, anunciándonos que Torquemada, con el *materialismo* (como él dice) del buen vivir, nos va a traer una infelicidad mayor que la presente?».

—¿Y qué dijo Fidela?

—Nada: que ella no tiene voluntad; que si yo quería romper, por ella no quedara.

—¿Y tú qué hiciste?

—Pues nada por el pronto. Consulté con don José. Esto fue la semana pasada. A ti nada te dije, porque como estás tan puntilloso no quise excitarte inútilmente. Pareciome mejor no hablar contigo de este asunto hasta que no se resolviera en una o en otra forma.

—¿Y Donoso qué opinó?

—¿Donoso...? ¡Ah...!

XIV

—¡Cuando yo te digo que Donoso es un ángel bajado del cielo! ¡Qué hombre, qué santo! —prosiguió la dama, sentándose con Rafael en un madero, que en el mejor sitio del corralón había—. Verás: la opinión de nuestro fiel amigo fue que debíamos sacrificar el enlace con Torquemada por conservar la paz en la familia... Así lo acordamos. Pero ya habían tramado entre él y don Francisco algo que este llevó prontamente de la idea a la práctica, y cuando don José acudió a proponerle la suspensión definitiva de las negociaciones matrimoniales, ya era tarde.

—¿Pues qué ocurría?

—Torquemada había hecho algo que nos cogía a todos como en una trampa. Imposible escaparnos ya, imposible salir de su poder. Estamos cogidos, hermanito; nada podemos ya contra él.

—¿Pero qué ha hecho ese infame? —gritó Rafael fuera de sí, levantándose y esgrimiendo el bastón.

—Sosiégate —replicó la dama, obligándole a sentarse—. ¡Lo que ha hecho! Pero qué, ¿crees que es malo? Al contrario, hijo mío: por bueno, por excesivamente bueno, el acto suyo es... no sé cómo decírtelo, es como una soga que nos echa al cuello, incapacitándonos ya para tener voluntad que no sea la voluntad suya.

—¿Pero qué es? Sépalo yo —dijo el ciego con febril impaciencia—. Juzgaré por mí mismo ese acto, y si resulta como dices... No, tú estás alucinada, y quieres alucinarme a mí. No me fío de tus entusiasmos. ¿Qué ha hecho ese majagranzas que pudiera inducirme a no despreciarle como le desprecio?

—Verás... Ten calma. Tan bien sabes tú como yo que nuestras fincas del *Salto* y la *Alberquilla*, en la sierra de Córdoba, fueron embargadas judicialmente. No pudo rematarlas el sindicato de acreedores, porque estaban afectadas a una fianza que al Estado tuvo que dar papá. El dichoso Estado, mientras no se aclarase su derecho a constituirse en dueño de ellas (y ese es uno de los pleitos que sostenemos), no podía privarnos de nuestra propiedad, pero sí del usufructo... Embargadas las fincas, el juez las dio en administración a...

—A Pepe Romero —apuntó el ciego vivamente, quitándole la palabra de la boca—, el marido de nuestra prima Pilar...

—Que reside en ellas dándose vida de princesa. ¡Ah, qué mujer! Sin duda por haber recibido de papá tantos beneficios, ella y el rufián de su marido nos odian. ¿Qué les hemos hecho?

—Les hemos hecho ricos. ¿Te parece poco?

—Y no han sido para auxiliarnos en nuestra miseria. La crueldad, el cinismo, la ingratitud de esa gente son lo que más ha contribuido a quitarme la fe en todas las cosas, lo que me induce a creer que la humanidad es un in-

144

menso rebaño de fieras. ¡Ay!, en esta vida de sufrimientos inauditos, pienso que Dios me permite odiar. El rencor, que en casos comunes es un pecado, en el caso mío no lo es, no puede serlo... La venganza, ruin sentimiento en circunstancias normales, ahora... me resulta casi una virtud... Esa mujer que lleva nuestro nombre y nos ha ultrajado en nuestra desgracia, ese Romerillo indecente que se ha enriquecido con negocios sucios, más propios de chalanes que de caballeros, viven sobre nuestra propiedad, disfrutan de ella. Han intrigado en Madrid para que el Consejo sentenciase en contra de la testamentaría del Águila, porque su anhelo es que sean subastadas las fincas...

—Para rematarlas y quedarse con ellas.

—¡Ah!... pero les ha salido mal la cuenta a ese par de traficantes, de raza de gitanos sin duda... Créelo porque yo te lo digo... Pilar es peor que él, es uno de esos monstruos que causan espanto, y hacen creer que la hembra de Satanás anda por estos mundos...

—Pero vamos al caso. ¿Qué...?

—Verás. Ahora puedo decir que ha llegado la hora de la justicia. No puedes figurarte la alegría que me llena el alma. Dios me permite ser rencorosa, y lo que es peor, vengativa. ¡Qué placer, qué inefable dicha, hermano mío! ¡Pisotear a esa canalla..., echarlos de nuestra casa y de nuestras tierras, sin consideración alguna, como a perros, como a villanos salteadores...! ¡Ay, Rafael, tú no entiendes estas pequeñeces; eres demasiado angelical para comprenderlas! La venganza sañuda es un sentimiento que rara vez encuentras hoy fuera de las clases bajas de la sociedad... Pues en mí rebulle, ¡y de qué modo! Verdad que también es un sentimiento feudal, y en nosotros, de sangre noble, revive ese sentimiento, que viene a ser la justicia, la justicia brutal, como en aquellos tiempos podía ser, como en los nuestros también debe serlo, por insuficiencia de las leyes.

Púsose en pie la noble dama, y en verdad que era una figura hermosa y trágica. Hirió el suelo con su pie dos o tres veces, aplastando en figuración a sus enemigos, ¡y por Dios que si hubieran estado allí no les dejara hueso sano!

«Ya, ya entiendo —dijo Rafael asustado—. No necesito más explicaciones. Esperas rescatar el *Salto* y la *Alberquilla*. Donoso y Torquemada han convenido hacerlo así, para que puedas confundir a los Romeros... Ya, ya lo veo todo bien claro: el don Francisco rescatará las fincas poniendo en manos de la Hacienda una cantidad igual a la fianza... Pues, por lo que recuerdo, tiene que ir aprontando millón y medio de reales... si es que en efecto se propone...»

—No se propone hacerlo —dijo Cruz radiante—. Lo ha hecho ya.

—¡Ya!

La estupefacción paralizó a Rafael por breve rato, privándole del uso de la palabra.

«Ahora tú me dirás si después de esto, es digno y decente en nosotros plantarnos delante de ese señor y decirle: Pues... de aquello no hay nada.»

Pausa que duró... sabe Dios cuánto. «¿Pero en qué forma se ha hecho la liberación de las fincas? —preguntó al fin el ciego—. Falta ese detalle... Si quedan a su nombre, no veo...»

—No: las fincas son nuestras... El depósito está hecho a nuestro nombre. Ahora dime si es posible que...

Después de accionar un rato en silencio, Rafael se levantó súbitamente, dio algunos pasos agitando el bastón, y dijo: «Eso no es verdad».

—¡Que yo te engaño!

—Repito que eso no puede ser como tú lo cuentas.

—¡Que yo miento!

—No, no digo que mientas. Pero sabes, como nadie, desfigurar las cosas, dorarlas cuando son muy feas, confitarlas cuando son amargas.

—He dicho la verdad. Créela o no. Y ahora te pregunto: «¿Podemos poner en la calle a ese hombre? ¿Tu dignidad, tus ideas sobre el honor de la familia me aconsejan que le despida?...».

—No sé, no sé —murmuró el ciego, girando sobre sí, y haciendo molinete con los dos brazos por encima de la cabeza—. Yo me vuelvo loco... Vete; déjame. Haced lo que queráis...

—¿Reconoces que no podemos retirar nuestra palabra, ni renunciar al casamiento?

—Lo reconozco, siempre que sea verdad lo que me has dicho... Pero no lo es; no puede serlo. El corazón me dice que me engañas... con buena intención sin duda. ¡Ah!, tienes tú mucho talento... más que yo, más que toda la familia... Hay que sucumbir ante ti, y dejarte hacer lo que quieras.

—¿Vendrás a casa? —dijo Cruz balbuciente, porque el gozo triunfal que inundaba su alma le entorpecía la voz.

—Eso no... Déjame aquí. Vete tú. Estoy bien en este corral de gallinas, donde me podré pasear, sin que nadie me lleve del brazo, a todas las horas del día.

Cruz no quiso insistir por el momento. Había obtenido la victoria con su admirable táctica. No le argüía la conciencia por haber mentido, pues Rafael era una criatura, y había que adormecerle, como a los niños llorones, con historias bonitas. El cuento infantil empleado hábilmente por la dama no era verdad sino a medias, porque al pactar Donoso y Torquemada el rescate de las fincas de Córdoba, establecieron que esto debía verificarse después del casamiento. Pero Cruz, en su afán de llegar pronto al *objetivo*, como diría el novio, no sintió escrúpulos de conciencia por alterar la fecha del suceso feliz, tratándose de emplearlo como argumento con que vencer la tenacidad de su hermano. ¡Decir que Torquemada había hecho ya lo que, según formal convenio, haría después! ¿Qué importaba esta leve alteración del orden de los acontecimientos, si con ello conseguía eliminar el horrible estorbo que impedía la salvación de la familia?

Volvió Donoso con la noticia de haber dictado las disposiciones convenientes para el traslado de la cama y demás ajuar de la alcoba del ciego. Después que charlaron los tres un rato de cosas extrañas al grave asunto que a todos los inquietaba, Cruz espió un momento en que Rafael se enredó en discusiones con Valiente sobre la pirotecnia, y llevando a su amigo detrás del más grande montón de basura y paja que en el corralón había, le echó esta rociada:

«Deme la enhorabuena, señor don José. Lo he convencido. Él no querrá volver a casa; pero su oposición no es, no puede ser ya tan furiosa como era. ¿Que qué le he dicho? ¡Ah, figúrese usted si en este atroz conflicto pondré yo en prensa mi pobre entendimiento para sacar ideas! Creo que Dios me ilumina. Ha sido una inspiración que tuve en el momento de entrar aquí. Ya le contaré a usted cuando estemos más despacio... Y ahora, lo que importa es activar... eso todo lo posible, no vaya a surgir alguna complicación.»

—No lo quiera Dios. Crea usted que a impaciencia no le gana nadie. Hace un rato me lo decía: por él mañana mismo.

—Tanto como mañana no; pero nos pasamos de gazmoños alejando tanto la fecha. De aquí al 4 de Agosto pueden ocurrir muchas cosas, y...

—Pues acerquemos la fecha.

—Sí, acerquémosla. Lo que ha de ser, que sea pronto.

—La semana que entra...

—¡Oh!, no tanto.

—Pues la otra.

—Eso me parece muy tarde... Tiene usted razón: la semana próxima. ¿Qué es hoy?

—Viernes.

—Pues el sábado de la semana entrante.

—Corriente. Dígaselo usted... propóngaselo como cosa suya.

—Pues no se pondrá poco contento. Ya le digo a usted: por él... mañana. Y volviendo a nuestro joven disidente, ¿cree usted que no nos dará ningún disgusto?

—Espero que no. Su deseo de instalarse aquí nos viene ahora que ni de molde. Bernardina nos inspira confianza absoluta: le cuidará como nosotras mismas. Vendremos Fidela y yo, alternando, a hacerle compañía, y además, yo me encargo de mandar acá al bueno de Melchorito algunas tardes para que le cante óperas...

—Muy bien... Pero... y aquí entra lo grave. ¿Sabe que sus hermanas se mudan a la calle de Silva?

—No lo sabe. Pero lo sabrá. ¿Qué? ¿Teme usted que no quiera entrar en aquella casa?

—¡Me lo temo, como hay Dios!

—Entrará... Respondo de que entrará —afirmó la dama; y le temblaba horrorosamente el labio inferior, cual si quisiera desprenderse de su noble faz.

XV

Con lento paso de fecha deseada, llegó por fin aquel día, sábado por más señas, y víspera o antevíspera (que esto no lo determinan bien las historias) de la festividad de Santiago, patrón de las Españas. Celebrose la boda en

San José, sin ostentación, tempranito, como ceremonia de tapadillo a la que no se quería dar publicidad. Asistieron tan solo Rufinita Torquemada y su marido, Donoso, y dos señores más, amigos de las Águilas, que se despidieron al salir de la iglesia. Don Francisco iba de levita *herméticamente cerrada*, guantes tan ajustados, que sus dedos parecían morcillas, y sudó el hombre la gota gorda para quitárselos. Como era la época de más fuerte calor, todos, la novia inclusive, no hacían más que pasarse el pañuelo por la cara. La del novio parecía untada de aceite, según relucía, y para mayor desdicha, exhalaba con su aliento emanaciones de cebolla, porque a media noche se había comido de una sentada una fuente de salpicón, su plato predilecto. A Cruz le dio el vaho en la nariz en cuanto se encaró con su cuñado, y tuvo que echar frenos a su ira para poder contenerla, mayormente al ver cuán mal se avenía el olor cebollesco con las palabras finas que a cada instante, y vinieran o no a cuento, desembuchaba el ensoberbecido prestamista. Fidela parecía un cadáver, porque... creyérase que el demonio había tenido parte en ello..., la noche antes tomó un refresco de agraz para mitigar el calor que la abrasaba, y agraz fue que se le agriaron todos los líquidos del cuerpo, y tan inoportunamente se descompuso, que en un tris estuvo que la boda no pudiera celebrarse. Allá le administró Cruz no sé qué droga atemperante, en dosis de caballo, gracias a lo cual, no hubo necesidad de aplazamiento; pero estaba la pobre señorita hecha una mártir, un color se le iba y otro se le venía, sudando por todos sus poros, y sin poder respirar fácilmente. Gracias que la ceremonia fue breve, que si no, patatús seguro. Llegó un momento en que la iglesia, con todos sus altares, empezó a dar vueltas alrededor de la interesante joven, y si el esposo no la agarra, cae redonda al suelo.

Cruz no tenía el sosiego hasta no ver concluido el ritual, para poder trasladarse a la casa, con objeto de quitar el corsé a Fidela y procurarle descanso. En dos coches se dirigieron todos al nuevo domicilio, y, por el camino, Torquemada le daba aire a su esposa con el abanico de esta, diciéndole de vez en cuando: «Eso no es nada, la *estupefacción*, la emoción, el calor... ¡Vaya que está haciendo un verano!... Dentro de dos horas no habrá quien atraviese la calle de Alcalá por la acera de acá, que es la del *solecismo*. A la sombra, menos mal».

En la casa, la primera impresión de Cruz fue atrozmente desagradable. ¡Qué desorden, qué falta de gusto! Las cosas buenas colocadas sin ningún criterio, y entre ellas mil porquerías con las cuales debía hacerse un auto de fe. Salió a recibirlos Romualda, la tarasca sirviente de don Francisco, con una falda llena de lamparones, arrastrando las chancletas, las greñas sin peinar, facha asquerosa de criada de mesón. En la servidumbre, como en todo, vio la noble dama reflejada la tacañería del amo de la casa. El criado apestaba a tagarnina, de la cual llevaba una colilla tras de la oreja, y hablaba con el acento más soez y tabernario. ¡Dios mío, qué cocina, en la cual una pincha vieja y con los ojos pitañosos ayudaba a Romualda!... No, no, aquello no podía ser. Ya se arreglaría de otra manera. Felizmente, el almuerzo de aquel día clásico se había encargado a una fonda, por indicación de Donoso, que en todo ponía su admirable sentido y previsión.

Fidela no se mejoró con el aflojar del corsé y de todas las demás ligaduras de su cuerpo. Intentó almorzar; pero tuvo que levantarse de la mesa, acometida de violentos vómitos, que le sacaron del cuerpo cuanto tenía. Hubo que acostarla, y el almuerzo se dividió en dos tiempos, ninguno de los cuales fue alegre, por aquella maldita contrariedad de la desazón de la desposada. Gracias que había *facultativo* en la casa. Torquemada llamaba de este modo a su yerno, Quevedito. «Tú, ¿qué haces que no me la curas al instante? Reniego de tu facultad, y de la Biblia en pasta.» Iba y venía del comedor a la alcoba, y viceversa, regañando con todo el mundo, confundiendo nombres y personas, llamando Cruz a Romualda, y diciendo a su cuñada: «Vete con mil demonios». Quevedito ordenó que dejaran reposar a la enferma, en la cual parecía iniciarse una regular fiebre; Cruz prescribió también el reposo, el silencio y la oscuridad, no pudiendo abstenerse de echar los tiempos a Torquemada por el ruido que hacía, entrando y saliendo en la alcoba sin necesidad. Botas más chillonas no las había visto Cruz en su vida, y de tal modo chillaban y gemían aquellas endiabladas suelas, que la señora no pudo menos de hacer sobre esto una discreta indicación al amo de la casa. Al poco rato apareció el hombre con unas zapatillas de orillo, viejas, agujereadas, y sin forma.

Continuaron almorzando, y don Francisco y Donoso hicieron honor a los platos servidos por el fondista. Y el novio creyó que no cumplía como bueno en día tan solemne si no empinaba ferozmente el codo; porque, lo que él decía: ¡Haberse corrido a un desusado gasto de *champagne*, para después hacer el pobrete melindroso! Bebiéralo o no, tenía que pagarlo. Pues a consumirlo, para que al menos se igualara el Haber del estómago con el Debe del bolsillo. Por esta razón puramente económica y de Partida Doble, más que por vicio de embriaguez, bebió copiosamente el tacaño, cuya sobriedad no se desmentía sino en casos rarísimos.

Terminado el almuerzo, quiso don Francisco enterar a Cruz de mil particulares de la casa, y mostrarle todo, pues ya había tratado Donoso con él de la necesidad de poner a su ilustre cuñada al frente del gobierno doméstico. Estaba el hombre, con tanta bebida y la alegría que por todo el cuerpo le retozaba, muy descompuesto, el rostro como untado de craso bermellón, los ojos llameantes, los pelos erizados, y echando de la boca un vaho de vinazo que tiraba para atrás. A Cruz se le revolvía el estómago; pero hizo de tripas corazón. Llevola don Francisco de sala en sala, diciendo mil despropósitos, elogiando desmedidamente los muebles y alfombras, con referencias numéricas de lo que le habían costado; gesticulaba, reía estúpidamente, se sentaba de golpe en los sillones para probar la blandura de los muelles; escupía, pisoteando luego su saliva con la usada pantufla de orillo; corría y descorría las cortinas con infantil travesura; daba golpes sobre las camas, agregando a todas estas extravagancias los comentarios más indelicados: «En su vida ha visto usted cosa tan rica... ¿Y esto? ¿No se le cae la baba de gusto?».

De uno de los armarios roperos sacó varias prendas de vestir, muy ajadas, oliendo a alcanfor, y las iba echando sobre una cama para que Cruz las viese. «Mire usted qué falda de raso. La compró mi Silvia por un pedazo de pan. Es riquísima. Toque, toque... No se la puso más que un Jueves Santo, y el día que fuimos padrinos de la boda del cerero de la Paloma. Pues, para que vea usted lo que la estimo, señora doña Cruz, se lo regalo generosamente... Usted se la arreglará, y saldrá con ella por los Madriles hecha una real moza... Todos estos trajes fueron de mi difunta. Hay dos de seda, algo antiguos, eso sí, como que fueron antes de una dama de Palacio... cuatro de merino y de lanilla... todo cosa rica, comprado en almonedas por quiebra. Fidela llamará a una modista de poco pelo, para que se los arregle y los ponga de moda; que ya tocan a economizar, *¡ñales!*, porque aunque es uno rico, eso no quiere decir ¡cuidado!, que se tire el santísimo dinero... Economía, mucha economía, mi señora doña Cruz, y bien puede ser maestra en el ahorro la que ha vivido tanto tiempo lampando... quiero decir... como el perro del tío Alegría, que tenía que arrimarse a la pared para poder ladrar.

Cruz hizo que asentía, pero en su interior bramaba de coraje, diciéndose: «¡Ya te arreglaré, grandísimo tacaño!». Enseñando el aposento destinado a la noble dama, decía el prestamista: «Aquí estará usted muy ancha. Le parecerá mentira, ¿eh?... Acostumbrada a los cuchitriles de aquella casa. Y si no es por mí ¡cuidado!, allí se pudren usted y su hermana. Digan que las ha venido Dios a ver... Pero ya que me privo de la renta de este señor piso principal, viviendo en él, hay que economizar en el plato pastelero, y en lo tocante a ropa. Aquí no quiero lujos, ¿sabe?... Porque ya me parece que he gastado bastante dinero en los trajes de boda. Ya no más, ya no más, *¡ñales!* Yo fijaré un tanto, y a él hay que ajustarse. Nivelación siempre; este es el *objetivo*, o el *ojete*, para decirlo más pronto».

Prorrumpía en bárbaras risas, después de disparatar así, casi olvidado de los términos elegantes que aprendido había; tocaba las castañuelas con los dedos o se tiraba de los pelos, añadiendo alguna nueva patochada, o mofándose inconscientemente del lenguaje fino: porque yo *abrigo la convicción* de que no debemos *desabrigar* el bolsillo ¡cuidado!, y *parto del principio* de que *haiga* principio solo los jueves y domingos; porque si, como dice el amigo Donoso, las leyes administrativas han venido a *llenar un vacío*, yo he venido a llenar el vacío de los estómagos de ustedes... digo... no haga caso de este materialismo... es una broma.

Difícilmente podía Cruz disimular su asco. Donoso, que había estado de sobremesa platicando con Rufinita, fue en seguimiento de la pareja que inspeccionaba la casa, uniéndose a ella en el instante en que Torquemada enseñaba a Cruz el famoso altarito con el retrato de Valentín convertido en imagen religiosa, entre velas de cera. Don Francisco se encaró con la imagen, diciéndole: «Ya ves, hombre, como todo se ha hecho guapamente. Aquí tienes a tu tía. No es vieja, no, ni hagas caso del materialismo del cabello blanco. Es guapa de veras, y noble por los cuatro costados... como que desciende de la muela del juicio de algún rey de bastos...».

—Basta —le dijo Donoso, queriendo llevárselo—. ¿Por qué no descansa usted un ratito?

—Déjeme... ¡por la Biblia! ¡No sea pesado ni cócora! Tengo que decirle a mi niño que ya estamos todos acá. Tu mamá está mala... ¡Pues no es flojo contratiempo!... Pero descuida, hijo de mis entrañas, que yo te *naceré* pronto... Más guapín eres tú que ellas. Tu madre saldrá a ti... digo, no, tú a tu madre... No, no; yo quiero que seas el mismo. Si no, me descaso.

Entró Quevedito anunciando que Fidela tenía una fiebre intensa, y que nada podía pronosticar hasta la mañana siguiente. Acudieron todos allá, y después de ponerla entre sábanas, le aplicaron botellas de agua caliente a los pies, y prepararon no sé qué bebida para aplacar su sed. Don Francisco no hacía más que estorbar, metiéndose en todo, disponiendo las cosas más absurdas y diciendo a cada momento: «¿Y para esto, ¡Cristo, re-Cristo!, me he casado yo?».

Donoso se lo llevó al despacho, obligándole a echarse hasta que se le pasaran los efectos del alcoholismo; pero no hubo medio de retenerle en el sofá más que algunos minutos, y allá fue otra vez a dar matraca a su hermana política, que examinaba la habitación en que quería instalar a Rafael.

«Mira, Crucita —le dijo arrancándose a tutearla con grotesca confianza—, si no quiere venir el caballerete andante de tu hermano, que no venga. Yo no le suplico que venga; ni haré nada por traerle, ¡cuidado!, que mi *suposición* no es menos que la suya. Yo soy noble: mi abuelo castraba cerdos, que es, digan lo que quieran, una profesión muy bien vista en los... *pueblos cultos*. Mi tataratío el Inquisidor, tostaba herejes, y tenía un bodegón para vender chuletas de carne de persona. Mi abuela, una tal doña Coscojilla, echaba las cartas y adivinaba todos los secretos. La nombraron bruja universal... Con que ya ves...»

Ya era imposible resistirle más. Donoso le cogió por un brazo, y llevándole al cuarto más próximo, le tendió a la fuerza. Poco después, los ronquidos del descendiente del inquisidor atronaban la casa.

«¡Demonio de hombre! —decía Cruz a don José, sentados ambos junto al lecho de Fidela, que en profundo letargo febril yacía—. Insoportable está hoy.»

—Como no tiene costumbre de beber, le ha hecho daño el *champagne*. Lo mismo me pasó a mí el día de mi boda. Y ahora usted, amiga mía, procediendo hábilmente, con la táctica que sabe usar, hará de él lo que quiera...

—¡Dios mío, qué casa! Tengo que volverlo todo del revés... Y dígame, don José: ¿No le ha indicado usted ya que es indispensable poner coche?

—Se lo he dicho... A su tiempo vendrá esa reforma, para la cual está todavía un poco rebelde. Todo se andará. No olvide usted que hay que ir por grados.

—Sí, sí. Lo más urgente es adecentar este caserón, en el cual hay mucho bueno que hoy no luce entre tanto desarreglo y suciedad. Estos criados que nos ha traído de la calle de San Blas, no pueden seguir aquí. Y en cuanto a sus planes de economía... Económica soy; la desgracia me ha enseñado a vivir con poco, con nada. Pero no se han de ver en la casa del rico escaseces indecorosas. Por el decoro del mismo don Francisco, pienso declarar la guerra a esa tacañería que tiene pegada al alma como una roña, como una lepra, de la cual personas como nosotras no podemos contaminarnos.

Rebulló Fidela, y todos se informaron con vivo interés de su estado. Sentía quebranto de huesos, cefalalgia, incomodidad vivísima en la garganta. Quevedito diagnosticó una angina catarral sin importancia: cuestión de unos días de cama, abrigo, dieta, sudoríficos y una ligera medicación antifebrífuga. Tranquilizose Cruz; pero no teniéndolas todas consigo, determinó no separarse de su hermana; y despachó a Donoso a Cuatro Caminos para que viese a Rafael, y le informase de aquel inesperado accidente.

«¡Si de esta desazón —dijo Cruz, que todo lo aprovechaba para sus altos fines— resultará un bien! ¡Si conseguimos atraer a Rafael con el señuelo de la enfermedad de su querida hermana...! Don José de mi alma, cuando usted le hable de esto, exagere un poquito...»

—Y un muchito, si por tal medio conseguimos ver a toda la familia reunida.

Allá corrió como exhalación don José, después de echar un vistazo a su amigo, que continuaba roncando desaforadamente.

XVI

Tristísimo fue aquel día para el pobre ciego, porque desde muy temprano le atormentó la idea de que su hermana se *estaba casando*, y como fijamente no sabía la hora, a todas las del día y en los instantes todos *estaba viéndola casarse*, y quedar por siempre prisionera en los brazos del aborrecido monstruo que en mal hora llevó el oficioso don José a la casa del Águila. Hizo el polvorista imposibles por distraerle; propuso llevarle de paseo por todo el Canalillo hasta la Moncloa; pero Rafael se negó a salir del corralón. Por fin metiéronse los dos en el taller, donde Valiente tenía que ultimar un trabajillo pirotécnico para el día de San Agustín, y allí se pasaron tontamente la mañana, decidor el uno, triste y sin consuelo el otro. A Cándido le dio aquel día por enaltecer el arte del polvorista, elevándolo a la categoría de arte noble, con ideales hermosos, y su correspondiente trascendencia. Quejábase de la poca protección que da el Gobierno a la pirotecnia, pues no hay en toda España ni una mala escuela en que se enseñe la fabricación de fuegos artificiales. Él se preciaba de ser maestro en aquel arte, y con un poquitín de auxilio oficial haría maravillas. Sostenía que los fuegos de pólvora pueden y deben ser una rama de la Instrucción pública. Que le subvencionasen, y él se arrancaría, en cualquier festividad de las gordas, con una función que fuera el asombro del mundo. Vamos, que se comprometía a presentar toda la Historia de España en fuegos artificiales. La forma de los castilletes, ruedas, canastillas, fuentes de luz, morteros, lluvias de estrellas, torbellinos, combinando con esto los colores de las luces, le permitiría expresar todos los episodios de la historia patria, desde la venida de los godos hasta la ida de los franceses en la guerra de la Independencia... «Créalo usted, señorito Rafael —añadió para concluir—, con la pólvora se puede decir todo lo que se quiera, y para llegar a donde no llega la pólvora tenemos multitud de sales, compuestos y fulminantes, que son lo mismito que hablar en verso...»

—Oye, Cándido —dijo Rafael bruscamente, y manifestando un interés vivísimo, que contrastaba con su anterior desdén por las maravillas pirotécnicas—. ¿Tienes tú dinamita?

—No señor; pero tengo el fulminante de protóxido de mercurio, que sirve para preparar los garbanzos tronantes, y las arañas de luz.

—¿Y explota?

—Horrorosamente, señorito.

—Cándido, por lo que más quieras, hazme un petardo, un petardo que al estallar se lleve por delante... ¡qué sé yo!, medio mundo... No te asustes de verme así. La impotencia en que vivo me inspira locuras como la que acabo de decirte... Y no creas... te lo repito, sabiendo que es una locura: yo quiero matar, Cándido *(excitadísimo, levantándose)*, quiero matar, porque solo matando puedo realizar la justicia. Y yo te pregunto: «¿De qué modo puede matar un ciego?». Ni con arma blanca, ni con arma de fuego. Un ciego no sabe dónde hiere, y creyendo herir al culpable, fácil es que haga pedazos al inocente... Pero, lo que yo digo, discurriendo, discurriendo, un ciego puede encontrar medios hábiles de hacer justicia. Cándido, Cándido, ten compasión de mí, y dame lo que te pido.

Aterrado le miró Valiente, las manos en la masa, en la negra pólvora, y si antes había sospechado que el señorito no tenía la cabeza buena, ya no dudaba de que su locura era de las de remate. Mas de pronto, una violenta crisis se efectuó en el espíritu del desgraciado joven, y con rápida transición pasó de la ira epiléptica a la honda ternura. Rompió a llorar como un niño, fue a dar contra la pared negra y telarañosa, y apoyó en ella los brazos, escondiendo entre ellos la cabeza. Valiente, confuso y sin saber qué decir, se limpiaba las manos de pólvora, restregándolas una contra otra, y pensaba en sus explosivos, y en la necesidad de ponerlos en lugar completamente seguro.

«No me juzgues mal —le dijo Rafael tras breve rato, limpiándose las lágrimas—. Es que me dan estos arrechuchos... ira... furor... ansia de destrucción; y como no puedo... como no veo... Pero no hagas caso, no sé lo que digo... Ea, ya me pasó... Ya no mato a nadie. Me resigno a esta oscuridad impotente y tristísima, y a ser un muñeco sin iniciativa, sin voluntad, sintiendo el honor y no pudiendo expresarlo... Guárdate tus bombas, y tus fulminantes, y tus explosivos. Yo no quiero, yo no puedo usarlos.»

Sentose otra vez, y con lúgubre acento, que algo tenía de entonación profética, acabó de expresar su pensamiento en esta forma:

«Cándido, tú que eres joven y tienes ojos, has de ver cosas estupendas en esta sociedad envilecida por los negocios y el positivismo. Hoy por hoy, lo que sucede, por ser muy extraño, permite vaticinar lo que sucederá. ¿Qué pasa hoy? Que la plebe indigente, envidiosa de los ricos, les amenaza, les aterra, y quiere destruirlos con bombas y diabólicos aparatos de muerte. Tras esto vendrá otra cosa, que podrás ver cuando se disipe el humo de estas luchas. En los tiempos que vienen, los aristócratas arruinados, desposeídos de su propiedad por los usureros y traficantes de la clase media, se sentirán impulsados a la venganza... querrán destruir esa raza egoísta, esos burgueses groseros y viciosos, que después de absorber los bienes de la Iglesia, se han hecho dueños del Estado, monopolizan el poder, la riqueza, y quieren para sus arcas todo el dinero de pobres y ricos, y para sus tálamos las mujeres de la aristocracia... Tú lo has de ver, Cándido; nosotros los señoritos, los que siendo como yo, tengan ojos y vean dónde hieren, arrojaremos máquinas explosivas contra toda esa turba de mercachifles soeces, irreligiosos, comidos de vicios, hartos de goces infames. Tú lo has de ver, tú lo has de ver.»

En esto entró Donoso, pero la perorata estaba concluida, y el ciego recibió a su amigo con expresiones joviales. En cuatro palabras le enteró don José de la situación, notificándole las bodas y la enfermedad de Fidela, que inopinadamente había venido a turbar las alegrías nupciales, sumiendo... A pesar de su práctica oratoria, no supo Donoso concluir la frase, y pronunció el *sumiendo* tres o cuatro veces. La idea de exagerar la dolencia, faltando a la verdad, como reiteradamente le había recomendado Cruz, le cohibía.

«Sumiendo... —repitió Rafael— ¿A quién y en qué?»

—En la desesperación... no tanto: en la tristeza... Figúrate: ¡en día de boda, enferma gravemente!... o al menos de mucho cuidado. A saber si será pulmonía insidiosa, escarlatina, viruelas...

—¿Tiene fiebre?

—Altísima, y aún no se atreve el médico a diagnosticar, hasta no ver la marcha...

—Yo diagnosticaré —dijo el ciego con altanería, y sin mostrar pena por su querida hermana

—¿Tú?

—Yo. Sí señor. Mi hermana se muere. Ahí tiene usted el pronóstico y el diagnóstico, y el tratamiento, y el término fatal... Se muere.

—¡Oh, no es para tanto...!

—Que se muere digo. Lo sé, lo adivino: no puedo equivocarme.

—¡Rafael, por Dios...!

—Don José, por la Virgen... ¡Ah, he aquí la solución, la única racional y lógica! Dios no podía menos de disponerlo así en su infinita sabiduría.

Iba y venía como un demente, presa de agitación insana. No se consolaba don José de haberle dado la noticia, y procuró atenuarla por todos los medios que su hábil retórica le sugería.

«No, si es inútil que usted trate de desmentir avisos, inspiraciones que vienen de muy alto. ¿Cómo llegan a mí, cómo se me comunica este decreto misterioso de la voluntad divina? Eso yo lo sé. Yo me entiendo. Mi hermana se muere; no lo duden ustedes. ¡Si lo estoy viendo, si tenía que ser así! Lo que debe ser es.»

—No siempre, hijo mío.

—Ahora, sí.

Lograron calmarle, sacándole a pasear por el corralón. Don José le propuso llevarle al lado de la enferma; pero se resistió, encerrándose en una gravedad taciturna. Después de encargar a Bernardina y los Valientes que redoblaran su vigilancia y no perdieran de vista al desdichado joven, volvió Donoso con pies de Mercurio a la calle de Silva, para comunicar a Cruz lo que en Cuatro Caminos ocurría; y tanta era la bondad del excelente señor, que no se cansaba de andar como un azacán desde el centro hasta el extremo Norte de Madrid, con tal de ser útil a los últimos descendientes de las respetabilísimas familias del Águila y de la Torre-Auñón.

Habría querido Cruz duplicarse para atender juntamente a Fidela y al ciego, y si no quería abandonar a la una, anhelaba ardientemente ver al otro, y aplacar con razones y cariños su desvarío. Por fin, a eso de las diez de la noche, hallándose la señora de Torquemada casi sin fiebre, tranquila, y descansada ya de su padecer, la hermana mayor se determinó a salir, llevando consigo al *paño de lágrimas de la familia*, y un simón de los mejores les transportó a Cuatro Caminos. Rafael dormía profundamente. Viole su hermana en el lecho; enterose por Bernardina de que ninguna novedad ocurría, y vuelta a Madrid y al caserón desordenado y caótico de la calle de Silva.

Al día siguiente, por la tarde, hallándose el ciego en el corralón, sentado en una piedra, a la sombra de un ingente montón de basura, sin más compañía que la del gallo, que frente a él altaneramente le miraba, y de varias gallinas que, sin hacerle caso, escarbaban el suelo, recibió la visita del indispensable Donoso, el cual se acercó a saludarle, muy bien penetrado de las instrucciones que le diera la intrépida Cruz.

«¿Qué hay?» —preguntó el ciego.

—Nada —dijo secamente don José, midiendo las palabras, pues la dama le había recomendado que éstas fueran pocas y precisas—. Que tu hermana Fidela quiere verte.

—¿Pero...? ¿Cómo está?

Algo iba a decir *el paño de lágrimas*, en quien el hábito de la facundia podía más que las exigencias de la discreción. Pero se contuvo, y encomendándose a su noble amiga, tan solo dijo:

«No me preguntes nada; no sé nada. Solo sé que tu hermana quiere verte.»

Después de una larga pausa, durante la cual permaneció con la cabeza a la menor distancia posible de las rodillas, se levantó Rafael, y dijo resueltamente: «Vamos allá».

Por más señas, hallábase aquel día don Francisco Torquemada en felicísima disposición de ánimo, despejada la cabeza, claros los sentidos y expeditas todas las facultades, pues al salir del tenebroso sopor en que le sumergió durante la tarde y noche la travesurilla alcohólica del almuerzo de boda, maldito si se acordó de lo que había dicho y hecho en aquellas horas de turbación insana, y así no tenía por qué avergonzarse de nada. No hizo Cruz la menor alusión a cosas tan desagradables, y él se desvivía por mostrarse galán y obsequioso con ella, accediendo a cuantas observaciones le hizo referentes al régimen y gobierno de la casa. La ilustre dama, con habilidad suma, no tocaba aún con su blanda mano reformadora más que la superficie, reservándose el fondo para más adelante. Naturalmente, coincidió con esta situación del ánimo Torquemadesco, un recrudecimiento de palabras finas, toda la adquisición de los últimos días empleada vertiginosamente, cual si temiera que los términos y frases que no tenían un uso inmediato, se le habían de escapar de la memoria. Entre otras cosillas, dijo que solo defendía a Romualda *bajo el aspecto de la fidelidad*; pero no *bajo ningún otro aspecto*. El *nuevo orden de cosas* merecía su *beneplácito*. Y no temiera su cuñada que él, fingiendo acceder, se opusiera luego con *maquiavelismos* impropios de su carácter. Eso sí: convenía que él se enterase de lo que ella dispusiera, para que no resultaran órdenes contradictorias, porque a él, ¡cuidado!, no le gustaba *barrenar las leyes*, ni barrenar nada, vamos... Cierto que la casa no tenía aspecto de casa de señores; faltaban en ella *no pocos elementos*; pero su hermana política, *dechado* de inteligencia y de buen gusto, etc., había venido a *llenar un vacío*... Todo *proyecto que ella abrigase* se lo debía manifestar a él, y se discutiría *ampliamente*, aunque él, *previamente* lo aceptaba... *en principio.*

En esto llamaron. Era Donoso con Rafael. Cruz recibió a este en sus brazos, haciéndole muchas caricias. El ciego no dijo nada, y se dejó llevar hacia dentro, de sala en sala. Al oír la voz de Fidela, que alegremente charlaba con Rufinita, el señorito del Águila se estremeció.

«Ya está mejor... Va saliendo, hijo, va saliendo adelante —le dijo la primogénita—. ¡Qué susto nos ha dado!»

Y Quevedito, con sinceridad y buena fe, se adelantó a dar su opinión en esta forma: «Si no ha sido nada. Un enfriamiento... poca cosa. Está bien, perfectamente bien. Por pura precaución no la he mandado levantarse».

En la puerta de la alcoba matrimonial, Torquemada, frotándose las manos una contra otra con aire de satisfacción, calzado ya con elegantes zapatillas que acababan de traerle de la tienda, dio al ciego la bienvenida, para lo cual le vino de perillas la última frase bonita que había aprendido:

«¡Ah! —exclamó—, *el bello ideal*... ¡Al fin, Rafael!... Toda la familia reunida... *¡el bello ideal!*...»

Fin

La Magdalena (Santander.) Octubre de 1893.

Libros a la carta

A la carta es un servicio especializado para

empresas,

librerías,

bibliotecas,

editoriales

y centros de enseñanza;

y permite confeccionar libros que, por su formato y concepción, sirven a los propósitos más específicos de estas instituciones.

Las empresas nos encargan ediciones personalizadas para marketing editorial o para regalos institucionales. Y los interesados solicitan, a título personal, ediciones antiguas, o no disponibles en el mercado; y las acompañan con notas y comentarios críticos.

Las ediciones tienen como apoyo un libro de estilo con todo tipo de referencias sobre los criterios de tratamiento tipográfico aplicados a nuestros libros que puede ser consultado en Linkgua-ediciones.com.

Linkgua edita por encargo diferentes versiones de una misma obra con distintos tratamientos ortotipográficos (actualizaciones de carácter divulgativo de un clásico, o versiones estrictamente fieles a la edición original de referencia).

Este servicio de ediciones a la carta le permitirá, si usted se dedica a la enseñanza, tener una forma de hacer pública su interpretación de un texto y, sobre una versión digitalizada «base», usted podrá introducir interpretaciones del texto fuente. Es un tópico que los profesores denuncien en clase los desmanes de una edición, o vayan comentando errores de interpretación de un texto y esta es una solución útil a esa necesidad del mundo académico.

Asimismo publicamos de manera sistemática, en un mismo catálogo, tesis doctorales y actas de congresos académicos, que son distribuidas a través de nuestra Web.

El servicio de «libros a la carta» funciona de dos formas.

1. Tenemos un fondo de libros digitalizados que usted puede personalizar en tiradas de al menos cinco ejemplares. Estas personalizaciones pueden ser de todo tipo: añadir notas de clase para uso de un grupo de estudiantes,

introducir logos corporativos para uso con fines de marketing empresarial, etc. etc.

2. Buscamos libros descatalogados de otras editoriales y los reeditamos en tiradas cortas a petición de un cliente.